書寫人情味

周淑屏 著

書寫人情味

作者／周淑屏
責任編輯／卓希雪
美術設計／陳詩韻
出版發行／突破出版社
香港沙田亞公角山路33號突破青年村
電話：2632 0000　傳真：2632 0388
電郵：breakthrough@breakthrough.org.hk
網址：http://www.breakthrough.org.hk
http://www.btproduct.com
承印／陽光（彩美）印刷有限公司
2024年6月初版1刷

Handwriting for Love

by Chow Suk-ping
First Printing, First Edition, June 2024

Printed in Hong Kong
ISBN 978-988-8846-05-4

誠邀閣下就突破出版社的書籍發表意見

歡迎加入突破出版社 facebook page — http://www.facebook.com/btbooks.page

本書採用環保油墨印刷

成長文學

目錄

緣起不滅

路經油麻地玉器市場，走進去逛逛，發現了僅存的寫信檔、為人報稅的檔口。

寫信檔設在玉器市場內，一列排開有十多個三呎乘四呎的檔口，其中一個檔主——人稱徐伯的寫信先生告訴我現在生意不多，他每天來開檔也是「撞撞吓」等運到。

六十年代，徐伯由一位律師樓的師爺帶入行，就在附近的雲南里開檔替人寫信。那時多內地來的人，找他們寫信回鄉，當年只是兩、三元寫一封信。除了寫家書，全盛時期這些檔口還為人寫求職信、報稅、申請電話、水錶、廉租屋、寫揮春等等。

他就是靠寫信養大了兩子兩女。問他兒女都長大成人了，怎麼還不退休享清福？他卻說自己閒不下來，在這裏就算沒生意，也常有老街坊、老顧客來談天說地。

不說不知，徐伯還有一個名字——新羅品超，原來他在入行寫信前，是做大老倌演出粵劇的，曾師從肖蘭芳（也是名伶芳艷芬、鄧碧雲、林家聲等的師傅）和羅品超。由於戲行收入不穩定，娶了妻的他想安定下來，就來開檔寫信，閒時仍愛演粵劇。他是八和弟子，為八和會館當了幾十年康樂主任，檔口的牆上還貼滿他演粵劇的照片。

怎會想到，為老街坊寫家書的會是個粵劇大老倌？鬧市多奇人，特別是油麻地區和這個玉器市場。採訪做完了，我覺得意猶未盡，回到報館，就向總編輯提議做一個油麻地玉器市場寫信檔的採訪專輯。

老總說：「你是我們唯一一個文化版記者，寫油麻地玉器市場當然可以，但讀者都喜歡看故事，你在採訪報道之餘還要兼顧故事性。寫故事的時間不能算在日常工時上，你既然這麼有興趣，就用自己的公餘時間去寫故事吧！」

我聽後噉了噉咀，就接下了這項「難啃」任務，開始了我和油麻地玉器市場寫信檔的不解之緣。

* 在本書中一些關於寫信檔的掌故資料，很多都是徐伯提供或者他在其他訪問中提及的，謹在此向他致謝。亦要感謝麥光輝先生，如果不是他把他和徐伯傾談的影片傳給我，我不會有趕快將這些故事與資料輯集成書的意念。

緣起不滅

一、尋人

黃昏時，有一對母女來到寫信檔前，母親年約六十，女兒年約三十，她們說可稱呼她們為張太太和張小姐。

張太太走近一檔寫信檔，對女兒說：「那時我就是來這裏找寫信先生撰寫和刊登尋人啟事的，因為一星期後我要回澳洲，怕回去後收不到回音，就問寫信先生可否用寫信檔的電話、地址作為聯絡之用。寫信先生人很好，竟肯答應幫忙，那段尋人啟事在報章上連續刊登了三個月哩！可惜還是聯絡不上英姐。幸好我們有緣分，終於在粥店重遇了，之後你竟又在另一間粥店遇上她的孫兒傑倫，可見我們和他們家的緣分是割捨不了的。聽說這裏從前是很多『媽姐』來幫襯寫信的，英姐雖然不是順德人，但她來我們家打住家工，也是作『媽姐』的白衣黑褲打扮的，不知道她有沒有來過幫襯呢？」

張小姐問母親：「『媽姐』是什麼？」

張太太答：「我也不大答得上來……」

我見機不可失，馬上上前對她們說：「我是日月日報的文化版記者，『媽姐』的掌故我可知道不少，可以詳細向兩位娓娓道出，可是，兩位也可跟我說說那個尋人故事嗎？」

這天是假期，傑倫正想到外面逛逛散散悶，窗外卻突然烏雲密佈，接着雷電交加，下起傾盆大雨來。傑倫看着飯桌上的雨傘在發愁。婆婆已經離世十多天了，她是在睡夢中安詳離去的。令人感到遺憾的，是她有一個未了心願，是關於這把不起眼的黑色舊雨傘的。

婆婆好像預知自己要離開似的，在去世前兩星期，平常不大外出的她，天天外出去找那些舊街坊、舊朋友敍舊。她去過從前常去的菜市場，還有從前她和媽媽、舅父一家人住的小區。那兩星期，她馬不停蹄地去不同地區訪舊，然後，在去世前的一晚，她說她很累了，不能再去了。

那晚上她特別健談，跟傑倫和他媽媽談起前塵往事，談了一整夜，直至大家都倦了，她對傑倫說：「那天我去了油麻地玉器市場的寫信檔，和從前常幫我寫信回鄉的寫信先生閒聊敍舊，之後在附近閒逛，經過一家粥店，剛巧下起大雨來，我躲進店裏去避雨，這雨傘是在店裏遇上的人借給我的，有機會的話，你一定要為我拿去還給人，『滴水之恩，當湧泉相報』，受過人家恩惠，一定要還的……」

當時，傑倫沒有在意她說的話，其實他應該問：

「你為什麼不自己去還？」或者：「我不認識借雨傘給你的那個人，怎麼幫你去還？」

傑倫感到很後悔，如果知道她第二天就離世，那時至少該問她：「那粥店在什麼地方？」或者：「怎樣可以聯絡上那人？」

然而，因為婆婆說那些話時，他完全沒有放在心上，因此，現在再看見這柄雨傘，想起婆婆的遺言時，只有徒添惆悵。他曾經心血來潮，到網上找過有關粥店的資料，發現九龍區的粥店多不勝數，在附近的、有名的也不下十數家，要逐家逐家去找一個不相識的人，是很渺茫而且費勁的事，就在他想放下這事不再理會的時候，媽媽卻來勸他。

「你就代婆婆把那柄雨傘還給人吧！這是她最後的心願了。」媽媽對傑倫說。

「可是，九龍這麼大，人這麼多，粥店也這麼多，連那人的姓名、模樣也不知道，該怎樣去還？」傑倫看着婆婆留下來的黑色舊雨傘，一臉悵然。

「你就趁有空的時候到附近的、有名的粥店找找吧，盡了力就沒有遺憾了！」媽媽説。

「就算找到那家粥店，也未必遇得上那個借傘給婆婆的人，而且這柄黑傘那麼普通，又破又舊，説不定它的主人也不想得回它。」

「也不一定啊！」傑倫媽媽拿着雨傘在端詳，這傘的傘柄並不是鈎形、可作老人家拐杖用的那一種，而是直的傘柄，傘柄頂有一個透明水晶膠，水晶膠裏藏着一朵紅花。

她一看而知，這柄雨傘該至少有二十年的歷史了，這種款式的雨傘，現在該已買不到。

「傑倫，這柄雨傘不錯是很舊，而且外面該已買不到，但就因為它已經這麼舊，又已保存了十多二十年，而且保存得這麼好，傘的主人一定很珍惜它。雨傘的主人這麼珍惜這把雨傘，卻仍願意借給你的婆婆，可以知道借傘的人的情誼多可貴。傑倫，你還記得嗎？婆婆常教導我們『滴水之恩，當湧泉相報』，有人對我們好，千萬不要忘記，要好好珍惜這份情誼，留待日後好好報答。現在的人一定認為這句話不合時宜了，現代人的雨傘多是用完即棄似的，遺失了也不覺可惜，一點也不懂得珍惜物資。其實一把雨傘可以用很久的，從前的傘是用上好的鐵材、上好的布做的，用壞了還會拿去修理。在你婆婆那個物資短缺、人與人之間卻情誼深厚的年代，人們互相幫助、互相照顧，得到過別人的一點好處，哪怕只是一件舊衣服、一張破被子，也會珍而重之，衣服、被子破了還會打補丁繼續用上很久。也許，這一套在你們年輕的一代看來已不合時宜，但是，你婆婆可是對這種情誼珍而重之的，就當這是為婆婆還一個心願吧！」

那個下午，傑倫的媽媽和他坐在大廳裏，説起關於他的婆婆年輕時的故事。

傑倫的婆婆才二十七、八歲就守寡了，丈夫早逝，遺下三個子女，最大的才十歲。那時沒有了丈夫的女人生活艱難，於是同鄉就介紹她去給別人做繼室，嫁給一個死了妻子的男人，為他照顧妻子遺下的子女。那個男人已經近五十歲了，還有一個十分難侍候的母親，傑倫的婆婆內心掙扎了很久，但後來為了三個子女可以有安定的生活，還是應承了。

本來約好在一家餐館裏與那母子倆見面，但他們臨時改了地方，在一間粥店見面，介紹人傳話說：『那位老奶奶說明媒正娶個大家閨秀就該在大街大巷的大餐館裏見面，只是娶個死了丈夫的女人回來，約在路邊小店就行了。』

聽了這樣涼薄的話，傑倫的婆婆嚥下了這口烏氣，還是去了赴約。她聽盡了老奶奶種種刁難的話，還是忍氣吞聲，可是，當老奶奶說不許她的三個子女進家門，會給她錢把子女養在外面的時候，她實在嚥不下這口氣，她肯再嫁，還不是為了三個孩子嗎？

她一聲不響的站了起來，就在大雨中離開了粥店，一個人走在雨中。但走不了幾步，後面有一把傘遮了上來，為她擋雨。她回頭看去，那人既不是她的同鄉，也不是那老奶奶或她的兒子，而是一個陌生的女人。

「雨下得不小哩！就讓我倆共用一把雨傘，走走談談，你不會介意吧？」那位太太說。

「你……你是……」

「剛才在粥店，我一直坐在你們的鄰桌。我本是來這邊找人介紹工人的，舊的那個染了重病，我家是經營製造米粉的工房的，雖然急於找工人，但也要找到刻苦耐勞的人才放心。剛才我聽到你們的對話，你這麼着緊自己的孩子，該是個好媽媽。現在找工作不容易，你一個女人要帶大三個孩子可艱難了，如果你不嫌棄的話，就來我家工房工作吧！如果你盡心盡力工作，我是不會待薄你的。」

傑倫的婆婆看見那位太太舉止高雅、說話真誠，被她的話打動了。

「只是，你來工作，你家的孩子有人照顧嗎？」那太太問。

「我最大的孩子已經十歲了，他可以照顧弟妹的，而且他們的外婆也可以幫忙看顧。」傑倫的婆婆說。

「那好吧！我也是別人的母親，而且是明白事理的人，孩子有事情、有病的話，我會讓你回去看他們的，我一定不會像剛才那位老太太一樣不近人情的。」

就是這樣，傑倫的婆婆受僱於那戶人家打工，她也是靠那份工作養大自己的三個孩子。後來，僱主那家人因工場發生火災，一時周轉不靈，連給工人出糧的錢也沒有，但是傑倫的婆婆寧願不拿薪金也留下來，還自己掏錢去幫補他們一家人的生活所需。不久之後，僱主渡過了難關，就把雙倍的錢還給她，而且待她如家人一般。直至子女都長大成家了，傑倫的婆婆才辭掉工作，回到自己的家裏來。

對於僱主一家的情誼，傑倫的婆婆從未忘記，她常說沒有了他們一家，她不可能這樣順利養大孩子；沒有他們給她這麼好的待遇，她的子女也許年紀小小就要做童工養家，沒可能完成學業，所以，她一直念念不忘這家人對她的恩德。

故事說到這裏，傑倫媽媽的雙眼有點濕潤了。傑倫知道她童年時的生活一定很艱難，他拍拍母親的肩膊安慰她說：「放心吧，我一定不會忘記婆婆的遺願的。」

傑倫尋找雨傘主人的第一站是位於旺角的富記粥品。

這小店中有六、七張圓桌，其中有三張都已坐了人。傑倫坐下來，故意把黑色雨傘放在桌上的當眼地方，看看會否有人認得它。

店主是個約莫三、四十歲的女士，她來招呼傑倫。傑倫問她這裏有什麼好吃的，她說：「這裏最有名的當然是燒鵝粥和豬肝粥。」

「那就要燒鵝粥吧！」傑倫說。

只消五分鐘，燒鵝粥已送來了。正津津有味地吃着時，傑倫留意到有一個拿着專業攝影機的男人在跑來跑去，還汗流浹背的在調校燈光，另外，有一個拿着錄音筆的短髮女孩在向店主發問，他們該是報章或雜誌的記者吧？

傑倫聽到那女記者和店主有如下的對話：

「老闆娘，可以跟我們説説這裏的燒鵝粥為什麼這麼好吃嗎？」女記者問。

女記者一邊錄音一邊抄寫，坐在旁邊的傑倫側耳傾聽。老闆娘説完，大家東拉西扯的談了一陣，兩位記者又開始工作了，他們在拍攝食客吃東西時的相片。

「這位先生，你不介意我們拍下你吃東西的照片吧？這些照片會放在我們飲食雜誌的『馳名粥店』專輯上的。」女記者問傑倫。

「我不介意，你們拍吧！」傑倫説。

「我可以問你一些問題嗎？」

「可以，隨便問吧！」

「請問你是這裏的常客嗎？」

「不是啊，我是第一次來光顧的。」

「那麼，你是因為報章或朋友介紹，才慕名而來的嗎？」

「不，我專誠來這裏，是為了這把雨傘的。」傑倫説着，用手向桌上的雨傘一指。

「因為這把雨傘？這倒有趣，可以把這箇中原由告訴我嗎？」女記者問。

傑倫將有關婆婆囑他代歸還雨傘的事告訴了女記者。

「這倒是一個有趣的訪尋遊戲，可是，這麼多粥店、這麼多顧客，你找到這雨傘的物主的機會可渺茫了。」女記者說。

「我也知道是渺茫的，但為了達成婆婆的心願，只好盡力而為了。」傑倫說。

「這樣吧，我們這幾天還會走訪好幾家粥店，你可以跟着我們去尋訪，這樣總比你不懂門路到處亂找好啊！」女記者提議。

「這也太好了，但我不會妨礙你們工作嗎？」傑倫問。

「沒問題的，我們能夠相逢就是朋友了，我叫張美雪，先生你呢？」美雪對傑倫伸出手來說。

「我叫嚴傑倫。」傑倫也伸出手來和美雪握手。

「那麼，我們下星期日在花園街的妹記生滾粥品等吧！」

「好的！」傑倫說。

一個星期之後的星期日，美雪和傑倫還有另一位雜誌社的攝影師，在妹記生滾粥品店見面，那天他們走訪了三、四間粥店。往後的兩、三個星期，傑倫拿着那柄黑色雨傘，隨着美雪走訪了十多家粥店，還是徒勞無功。

這天，他們來到位於油麻地寧波街的新興棧食家。

「九龍區的粥店我們已走訪了十多家，這家新興棧食家，是我們這次採訪工作最後的一間店了。」美雪說，「這店最著名的除了魚粥，還有牛肉粥，走了半天大家也餓了吧？我們每人來一碗好嗎？」

於是，三人坐下來吃牛肉粥，這個多月以來的相處，令美雪和傑倫已經變得十分熟絡，對於傑倫未能找到雨傘主人，她也感受到他的失望。

「沒辦法了，這趟尋找雨傘主人的行動，雖然沒為婆婆達成心願，但也讓我吃盡了許多粥店的美食，讓我交上了你這個好朋友，總算是不枉此行，而且很有得着呀！」傑倫説。

「這就好了，今天我們就在這裏好好吃一碗魚粥吧！我媽媽是這兒的熟客，一會她也會來這裏吃粥。」

在美雪採訪完畢，攝影師拍完照片之後，他們就和傑倫、粥店店主太太坐下來聊天。

幾個人説着説着，美雪的媽媽也來了，傑倫拿開摺凳上的黑色雨傘讓美雪的媽媽坐下。

「很少看見年輕人不下雨也帶雨傘的，也很少看見年輕人會用這種黑色的舊雨傘。」美雪的媽媽説着，隨手拿起那柄雨傘來看。

「這柄雨傘頭的紅花，還有這水晶膠的膠面是刮花了的，這……這不是我的雨傘嗎？」

「你的雨傘？」傑倫和美雪聽了一起站起來，大感訝異的問。

「對啊，這雨傘已跟隨了我十多、二十年，陪我度過許多下雨天，我是不會認錯的。前陣子我在這裏遇上從前在我們家工作的英姐，我把這柄雨傘借了給她，如今，這雨傘又怎會落在這年輕人手上的呢？」美雪的媽媽說。

「英姐？婆婆的名字是李少英，英姐就是她嗎？」傑倫問。

「對呀，英姐的名字是李少英，你……難道你是她的家人？」美雪的媽媽問。

「不錯，我是她的外孫。」傑倫答。

「那英姐呢？她沒有和你一起來嗎？」美雪的媽媽問。

「婆婆已經在上個月過世了。」傑倫黯然地說。

「啊，英姐已經過世了？她是怎樣去的？去得安詳嗎？」美雪的媽媽驚問。

「她是在睡夢中去世的，總算安詳沒痛苦。」傑倫答。

「那也算是她積下來的福了。」美雪的媽媽邊拭淚邊說。

「外公一家從前不是開製造米粉的工場的嗎？傑倫的婆婆是你們從前的工人？」美雪問。

「對，英姐初來我們家的時候，是一個才約莫三十歲的女子……」美雪的媽媽看着遠方，追憶起年輕時的舊事來。

「媽媽，我想聽聽你們的故事。」美雪說。

「我也想聽聽有關婆婆年輕時的故事。」傑倫說。

「那好吧，從前的事，我已經很久沒跟人說起了。」

於是，美雪的媽媽對美雪和傑倫縷述如煙的往事：

「從前父親在新界開米粉廠，做米粉的老機器是爸爸堅持只有自己才能操作的，這台機器沒有幾個人可以靠近，因為它很危險，不小心就會被夾到。雖然當時經營困難，但爸爸也堅持要請工人，一來可幫忙工作，二來也可幫忙看管我們，不讓我們接觸到機器，英姐就是當時請回來的其中一個工人。

英姐視我們幾兄妹如同己出，她為了生活，放下自己的子女來照顧我們，她説我們就和她的子女年紀差不多，想念他們時，她就對自己説看見我們就如見到他們了。因為我排行最小，那時我最愛黏着她。無論她工作、外出，我都會拉着她的衣角，在她的腳邊打轉。我就是這樣跟在英姐的腳邊長大的，所以，英姐不只是我們家的工人，還是我的半個媽媽和最了解我的人。

本以為一家人携手同心就可以過上好日子，可是，好景不常，有一次我們的工房發生大火，令爸爸的全部心血化為烏有，爸爸只好到處籌錢買機器。由於連工人的薪金也付不了，有幾個工人陸續離開了，只有英姐堅持留下來，和我們一家共渡難關。她不但沒有問爸爸拿薪金，還掏出自己的錢來幫忙我們的家計……

早在二十多前，米粉廠已結業了，我們亦移民海外，爸媽又相繼過世，就和英姐失去聯絡了。後來我回港探親，想再和英姐聯絡也沒辦法。我曾經到油麻地請寫信先生幫我在報章上登尋人廣告，但也沒有消息。前幾年我和丈夫、女兒回流香港，尋訪多時仍找不到英姐。前陣子竟在這裏幸運地遇上她，也算是我們的緣分了，但想不到那已是最後一次見面。」

有關英姐和自己一家人的故事，美雪的媽媽就說到這裏了。在她說到英姐常教她的那句話：「滴水之恩，當湧泉相報」時，美雪和傑倫兩人也跟着她唸，傑倫記得那是婆婆常掛在口邊的話。

「當時我和英姐在這裏暢談敘舊，現在她卻已經不在了，她還跟我談起她的外孫和我的女兒年紀相若，兩人都還是單身，有機會讓他們認識、交往就好了。這樣，我們上一代的情誼就可以延續下去了。想不到，輾輾轉轉，你們還是有緣因為這把雨傘而認識。」

美雪的媽媽說時，看着美雪和傑倫笑不攏嘴。

「他們兩個這麼匹配，我相信你們上一代的情誼是可以延續下去的。」在一旁的粥店店主太太說着也笑了起來。

傑倫和美雪尷尬對望，美雪含羞地笑。

媽姐（讀作馬姐）指的是來自中國廣東省順德區的女傭。三十年代，由於順德地區的絲綢業日漸式微，本來以繅絲為業的自梳女便到南洋（馬來西亞、新加坡）或香港、澳門等地當女傭，這些女傭稱為「媽姐」。加入媽姐行列的，都要通過自梳儀式，將頭髮紮起一條大鬆辮，以示終身不嫁，身穿白衣黑褲。

當時家傭的分類依職級順序分別為地位最高的是近身（即侍女），專門服侍某個主人，薪金亦最高。之後是湊仔（褓姆）、煮飯、打雜、一腳踢（即什麼工作都要做）。較特別的是「住年妹」，即十多歲毫無當媽姐經驗的少女（通常是在家媽姐的女兒或親友），僱主只提供住宿及三餐膳食，待其逐步學習媽姐的日常工作，獲得主人認同後當上正式媽姐。

從七十年代開始，香港的家庭多聘請外籍家庭傭工，但是直到八、九十年代，仍然有少數年輕時已經照顧僱主一家的老媽姐，繼續與僱主一家一起生活。

尋人

編採札記：寫信佬與油麻地玉器市場

① 話說寫信檔

在從前香港教育不普及的時代，許多人是文盲不識字，要寫信給遠方親友問好通消息，就要找人代書。當時手工業和商業漸漸興盛，聚居在城市的人漸多，因應需求，在街頭擺檔代寫書信的寫信先生，逐漸成為成行成市的行業。因為從前女性少有受教育的機會，所以從事這行業的都是男性，被稱為寫信先生，俗稱「寫信佬」。

在清代末期，寫信先生多是落第書生、落魄文人，他們懂文墨、寫得一手好字。因為不想承擔昂貴的店舖租金，多以攤販形式出現。他們通常在街市附近擺檔，方便女士們買菜前後幫襯，而寫信檔最為集中的地方是鄰近較大的郵局，來幫襯的不乏辦理商務、民政事務的客人。

寫信檔的生財工具很簡單，一張摺枱、兩張摺凳，加上筆墨、信紙信封，一兩本尺牘、法例等參考書便成，有些會有一台打字機。初時書信檔的顧客多是打「住家工」的順德「媽姐」，離鄉別井孤身在外打工的媽姐思鄉情切，經常寄信回鄉，與鄉間親友常有書信往還，成了書信檔的大客戶。

另外，也有些低下階層略讀過幾年小學，看書讀報勉強可以，但不懂寫信完整傳達自己的意思、不熟悉書信格式，也會找寫信先生幫忙。有些不識字的人在接到家書後，也會請寫信先生讀出，然後自己口述回覆。寫信先生聽了書信內容後稍作整理，向委託人敘述一次，確定內容沒需要加減後才會落筆寫。寫好信和信封後，就交給客人自行投寄，也有一些書信檔代貼郵票代寄的。

有些寫信先生通曉外文和商業條例，可協助客人代辦各種申請、申報手續甚至撰寫入稟法院的文件，儼然成為「市民秘書」了。此外，寫信先生還兼代商店書寫宣傳單張，如食肆茶樓推出新菜單、商店大減價的宣傳、「薦人館」的招工字條等。其他業務還有代寫婚嫁文書、嫁娶喜聯、喜帖請柬、農曆新年的揮春、春聯、休業和啟市公告等等。

寫信檔小巷

② 油麻地玉器市場

油麻地玉器小販市場（英語：Yau Ma Tei Jade Hawker Bazaar）又稱油麻地玉器市場，一般簡稱玉器市場，位於九龍油麻地甘肅街，在新填地街和炮台街之間。1950 年代初期，受國共內戰影響的玉器商人由廣州移居到香港，集中在油麻地一段的廣東道開設玉器店鋪。六十年代初，玉器店少於 10 間，到 1970 年，已有超過 100 間，散佈於佐敦道至西貢街的一段廣東道，全盛時期更超過 300 多間。

1984 年，市政局在甘肅街以北及梁顯利社區服務中心以南的一塊空地設立了全新的甘肅街玉器市場，提供約 440 個攤位，攤位以販賣較廉價的玉器和寶石為主，包括翡翠、舊玉、青玉、瑪瑙、孔雀石、青金和珍珠等，也有首飾、收藏品、紀念品和玉石半製成品發售。

玉器市場由兩個相連的部分組成，東面場地有 340 個攤位，西面場地則有約 100 個攤位。其中在西面的場地又名為「報稅街」，有 10 多個代寫書信的攤位，提供中國書法、代寫中文及英文信件、填寫申請表格和報稅單等服務。

油麻地玉器小販市場門口

七十年代起，玉石買賣受「中國熱」影響，吸引不少外國人專程訪港購入玉器，由於玉器貿易需求熱切，令行業非常興旺，更養活了業者的幾代人。然而，隨着年代變遷，玉器不再是市民的喜好，加上內地改革開放後，因市場上出現假貨令客人信心大跌，玉器市場生意已漸變慘淡。

有檔主慨歎近年玉器市場內攤檔數目不斷下跌，已成了夕陽行業，有時一天連一單生意都做不到。

2020 年年中，路政署宣佈為配合中九龍幹線工程，玉器市場連同油麻地停車場大廈被清拆。路政署表示，攤檔可於 2020 年第二季遷入新建的臨時大樓，而清拆工程於該年第四季開始。

油麻地玉器市場資料

面積：約 1500 米
攤檔數目：347 名持牌小販
（截至 2018 年 3 月 31 日）
清拆時間：2020 年第四季
臨時安置時間：2020 年第二季

琳瑯滿目的玉石

二、養豬人的情書

到達專業報稅的寫信檔前，看到寫字桌前坐着一對老夫婦，應是難得出現的老主顧。我馬上趨前自我介紹，這時看見並排坐着的老夫婦竟是手牽着手的，可見其恩愛之情。

「我來這裏找檔主幫我的豬場報稅已經十多年了。」老先生說。

「豬場？」我有點訝異。

「對呀，我們每年也來這裏報稅，順道和寫信先生聊天。記者小姐你不要見笑，我的丈夫年輕時就是來這裏找寫信先生寫情信給我的。」老太太說時，臉上有着甜蜜的笑容。

「情信？」我聽出一點好故事的苗頭了。

「我太太是個預科畢業生，我只讀過幾年小學，不認識幾個字，當然要請寫信先生幫忙，才能寫出情詞並茂的信打動她嫁給我啦！」老先生說。

「請問可以跟我說說你們的故事嗎？」我鼓足誠意。

「你不要見笑才好，這不只是我倆的故事，還有關於小豬的故事。」老太太的目光飄遠，沉緬於回憶中。

因為要專心準備大學入學試，需要較寧靜的環境，我搬到在元朗的祖屋居住。

正在全屋封塵的祖屋時，聽到媽媽大叫：「好像有點怪味！」

「什麼怪味？」我也好像嗅到一點怪味隨晚風送來。

「好像——好像在紅磡火車站嗅到……那種運豬車的臭味！」

「豬便便味？」我嚷。

「是啊，你聽聽……還有點怪聲……好像——好像——」

「豬叫？」我怪叫。

「是啊，是啊，雖然不太吵，但真像豬——」

我們一起走近窗去看，外面黑漆漆的，只有一兩點暈黃的燈光，燈光照見一大一小的肥豬在吃東西，旁邊站着一個男人。

我禁不住怒氣大喊一聲：「有沒有弄錯？你在這裏養豬！」

男人被我嚇了一大跳，抬起頭來看着我們，不知在説什麼。我怒從心上起，一個箭步跳出去開門，奔下樓去，下了樓，還得從大門口出去，拐到老遠才是他那個「豬欄」的入口！

我衝進去，見到有人，就大嚷：「有沒有更離譜的？你竟然在這裏養豬！你竟然在人住的地方養豬！」

他向我瞄了一眼，然後氣定神閒的説：「是你們在我養豬的地方旁邊居住吧了！」

「這個時代還養什麼豬，養豬到大陸去養吧！在這裏養臭死人！」

「這是我的地方，你管我養什麼！這裏四十年來都是養豬的，連你住的那地方，從前也是養豬的。你是人，可以選擇不在養豬的地方住，你可以住到半山，那裏好像沒養豬的。元朗廈村，這裏八十年來也是養豬的。」

我氣得臉上又藍又綠，卻又想不到什麼回話，只得強詞奪理撒野說：「我不管，總之這些豬又髒又臭又吵，你既知道旁邊住了人，就不該再養豬。」

「我也是人，我就是愛住在養豬的旁邊的，而且，我用的是無臭養豬法，你看我穿的這圍裙，我養的豬一點不髒，豬是最愛清潔的動物。」

「穿件圍裙就叫『無臭養豬法』？你真天真，不懂養就不要養好了……」

說到這裏，一大一小的豬湊近我身邊在嗅，而且在嚎叫，我被一人二豬夾擊。幸好這時媽媽來了。

以為她會幫腔，怎料她說：「我問過村長了，他說這裏已養豬數十年。」

「我才不理會養了多少年！」我還在大叫大嚷，媽媽卻拉我走，臨走前，她還跟那養豬的點了點頭，打了招呼。

她拉扯我回去，我氣難平，大叫大喊：「怎會在這裏養豬！明天要到村長那邊控告他。」

「村長說這裏一向是養豬的，你只在這裏住兩三個月，就忍受一陣子吧。」

「忍？我為什麼要忍，明天我一定去跟他們吵。」

「你聽，現在那邊不吵了，大概剛才那個養豬的已哄了肥豬睡覺。其實以養豬的來說，這個豬場也許已不算太臭，而且剛才還聽他說他用的是『無臭養豬法』，也許真的可以不臭哩！」

第二天，我在屋內的每個角落都放了除臭劑，但是不得了，臭味還是從窗外傳進來。

怎麼辦？我忍痛拿了八、九瓶昂貴的雙妹嚜花露水、爽身粉，狂奔到樓下，拐了彎衝進豬場。

我衝進去，再看見那個男人，他今天沒有穿圍裙，而是穿了一條工人褲、T 恤。今天看清楚點他，應該有五呎十吋高，短短的頭髮，模樣還算俊朗。

我跟他說：「豬先生，麻煩你用這些跟你那些臭肥豬洗澡，還用這些花露水、爽身粉給牠們洗刷，你免費拿去用好了。」

他隨手拿一兩瓶來看，然後拿了其中兩瓶，説：「豬洗澡有牠自己的方法，不能胡亂拿什麼給牠們洗身的，不然牠們會皮膚敏感。這兩瓶，我自己拿去用吧！算是多謝你一番好意了。」

「就算不給肥豬洗澡，你也要清潔一下這豬場，太臭了！」

「我前兩天才清洗過豬場，豬不喜歡人隨意改變牠的居住環境的。你放心，我的豬場已是最清潔的了！」

「你這人真冥頑不靈，一點不會為別人設想！」

我氣極地從他手上奪回花露水，大罵：「願你養的豬每隻也發豬瘟！」

我走前去向他的膝蓋猛力踢了一腳，然後拔足跑回家。

※ ※ ※ ※

隨後的一個星期天，竟發生了我預想不到的事。這是我人生有記憶以來第一次遇上十號風球。

元朗的風，不知道會不會颳得特別厲害，我只有十個即食麪陪我度過。

媽說要來陪我，或是要我回家避風，爸適時阻止了，他說：「沒聽過打風要留在安全地方嗎？這時候外出不更危險？而且已經沒交通工具。」

我聽着風雨拍打鋁窗，爸叫我用強力膠紙把窗黏好，我才懶得黏，反正窗不是很大。

玻璃窗被吹得愈來愈響，玻璃與窗框之間，彷彿有着隙縫，可以滲進風雨似的。湊近玻璃去看，樓下的臭豬欄可熱鬧哩！豬槽的鋅鐵上蓋早被大風吹走了，混混亂亂，是全身濕透的大豬小豬、一身濕透的人，我卻在這裏乾爽爽看風景。

大概是豬睡的地方也濕透了，遠遠看去，好像還積了半呎的水，一袋袋豬糧都濕掉了。

那個養豬的男人，想抱起幾百斤重的大肥豬，抱不起來，就硬拉牠走，豬受驚了，兩頭亂竄，根本不聽調度。

小豬抱得起，他將小豬抱到唯一有上蓋的地方，放了進去，才安心地走出來，又去抱別的小豬。

小豬現在棲身的地方，大概是那個人自己睡的地方吧！才幾十呎，小得可憐，哪容得下這些驚慌亂竄的豬！

他又不知從哪兒弄來一張棉胎，拿進去大概要給小豬蓋上。小豬蓋棉胎，我也想看看是怎個樣子的。

他跑進跑出，自己卻在猛打噴嚏。第一次，我覺得這男人有點可憐。他住的那幾十呎地方也不見得安全穩妥，我看見裏面也積了水，而且上蓋也常差點給一兩陣狂風翻起。我猜想小豬大概被放在他的牀上，因為那應是全欄唯一較乾爽的地方了。

我有點感動，這個男人將三隻小豬抱進自己的房間，放在自己的牀上，蓋上自己的棉被，但今兒晚上他自己要睡哪裏？

他又奔出來搶救豬糧，豬糧都濕透了，他不知從哪裏張羅來一塊大膠布，蓋在豬糧上，但這是沒用的，豬糧早已濕得淌水。

豬吵得厲害，恍似在嚎叫，有點淒厲。牠們怕什麼呢？其中一隻豬在大叫，亂衝亂撞，他又奔跑過來捉拿牠，人豬角力，終於把牠按住，他用整個身子壓住牠。良久，我發覺，他可能是用自己的體溫令豬溫暖。

我又再感動，他彷彿將豬當成自己的妻子、兒子。雨中，把孩子放到小牀上，蓋好被，然後擁住妻子，給她溫暖，他自己卻在冷得打噴嚏。

我從衣櫃中找來一件風衣，把窗推開窄窄的一條縫隙，嚷：「這件風衣，給你！」

他抬頭，頭髮、臉、眼、鼻全濕透了，他說：「牠穿不下。」

「是給你穿的呀！」

「但牠在打冷顫……」他說，聲音顫抖，好像想哭。

「可不可作一個很過分的請求？」他問。

本來我會說：「明知道過分就不要說。」但兩番被感動的我，有點不忍心。

「說來聽聽！」

「這些大豬好像患了感冒，但小豬的抵抗力更低，你……你……可以讓小豬進你家避一避嗎？」

什麼？讓患了感冒滿身髒滿身濕的小豬進來我家？我猶豫，如果是小孩子，還可以考慮！

他見我沒答話，低下頭去，又打了幾個噴嚏，自言自語道：「豬患了感冒很容易死人……不，很容易死豬的……」

我又動了惻隱之心，說：「你要賠給我買清潔用品的錢啊！」

「可以，可以，我借也借來還你。」

「你有幾隻小豬？」

「三隻，只有三隻，只讓小豬進去就好了，牠們很乖的。」

「那好吧！記得要賠錢啊！」

「好啊，謝謝你。」

說完，他去運豬。

有人按鈴，我去開門。他用棉胎裹住一隻小豬送來，說：「牠叫婉兒。」

他放下小豬，精力充沛的牠到處亂竄。

早知道門口地氈會報銷，唯有死命不讓牠衝上沙發，他匆匆又拿了棉胎下去，去抱第二隻豬。

我看着佈滿豬腳印的地板想哭。

門鈴再響，他抱着第二隻小肥豬上來。

「牠叫珠兒。」他說，放下牠，又匆匆下去，珠兒和婉兒劫後重逢，互相嗅着對方的身體。

第三隻小豬上來的時候，我正用風筒幫小豬把濕毛吹乾。他放下第三隻小豬說：「牠叫鳳兒。」

「三隻小豬都是女的嗎？為什麼都是女孩子的名字？」

「是的，三隻都是女的，我用姐姐的名字替牠們改的……」

「吓……」我有點納罕，他竟將三個姐姐的名字，婉兒、珠兒、鳳兒變成三隻母豬的名字！

「謝謝你，小豬吹乾了就不怕冷傷風。你有沒用的毛巾嗎？我幫牠們抹乾身子，以免牠們再弄髒你的家。」

我給他拿來毛巾，他細心地為每一隻小肥豬清潔腳掌，每隻小肥豬也很聽話，自己乖乖地伸出豬腳讓他抹。他抹完豬腳，還順便用另一條毛巾給牠們抹臉和眼。

我想，這大概是一個很重情的男人，這麼細心地照顧牠們。

「牠們怎樣分？我忘記了哪隻是婉兒，哪隻是鳳兒了。」

「我給你來分，」他興致勃勃的，「這隻最大的，五個月大，全身黑色的，叫珠兒；這隻中間的，四個月大，黑白相間，叫婉兒；這隻最小的，純白色，才三個月大，叫鳳兒，毛還好像有點鬈曲。」

「你為什麼都把小豬改成姐姐的名字？」我好奇。

「沒什麼，想不到別的名字吧！」

「許多名字可以改啊！譬如叮噹啦！大雄啦！靜宜啦！」

「小時候姐姐們常合起來欺付我……」他有點羞赧。「還是養豬好，養大了肥豬不會跑掉，還乖乖等你來宰，讓你吃下肚裏，永不分離。」他對我說：「你也來養豬吧！養豬日子久了，就會忘掉不開心的事。」

「你對待小豬真有愛心。」

「我該回去看看兩隻大豬了，一會我會再來拿吃的東西給牠們，好了，謝謝你，太麻煩你了。」

我開門讓他出去，才記起問他：「你呢，你叫什麼名字？」

「我叫朱少寧，你叫駱詠書吧！村長知道你的名字，說你讀過番書。」

我笑說：「是啊，是啊！幸會幸會，養豬的朱先生。」

「幸會啊。」

養豬的朱先生走後，我端詳着三隻小豬，牠們在互相嬉戲，婉兒走近來嗅嗅我的腳，乖乖地趴在我的腳旁，像隻小貓。

※ ※ ※ ※

幸好三隻小豬都沒染上流行性感冒，大肥豬的感冒，兩三天後也痊癒了。之後我去探肥豬，跟朱先生聊天。

「為什麼三隻小豬就有三種顏色？」我問正在弄飼料的他。

「豬有三種顏色的品種。白色的品種是蘇聯大白豬、長白豬、大白豬、中約克夏等白色外來豬做父親，本地豬做母親，經過複雜的雜交配種而成的。毛幾乎是全白，有些皮膚上會有點黑斑。黑色的豬種，除了少數在鼻尖、尾尖和四隻腳尖是白色的『六點白』之外，其餘都是全黑的。黑色的品種和白色品種比較，黑色的豬的面部較多皺紋、嘴較短。」

「珠兒應該是『六點白』吧！牠的四隻腳尖是白色的。」我插嘴。

他不厭其詳地解説，説得起勁，我又問他：「肥豬就是用顏色來分品種的嗎？」

「當然不是，還可以用產地來分，只是中國國內的地方豬種已有六大類型，包括華北型、華南型、華中型、江海型、西南型和高原型……你知道嗎？豬也會患感冒，豬跟人一樣，會病會痛，豬還會有腸胃炎、狂犬病、腦炎、傷寒，豬還會患貧血。」

「豬也會貧血？我以為我才會患貧血，豬這麼胖，怎會貧血！」我怪驚奇的。

「豬怎不會貧血，從前鄉下的豬也是常鬧貧血的，還有壞血病哩！」後面突然響起另一把聲音，說話的是爸爸，他怎會知道我在這兒？

「去你那兒你不在，來這裏可不是找你的，只是想看看打風之後豬場怎樣。」

爸和朱先生一見如故，朱先生帶爸看豬場的設施和規模。

豬場勾起了爸鄉間的童年回憶，看了一圈之後，爸說：「以朱老弟對養豬的知識，豬場應是大有可為的，可是設備不太足夠，是資金問題嗎？」

朱先生有點兒尷尬地說：「雖然沒資金，但我會努力提高養豬的技術。」

爸大點其頭，大有其志可嘉的樣子。

「朱先生，今天我們可以留下來照顧秀珠嗎？」他很想看看肥豬生產的過程。

「可以，有你們幫手當然更好啦！」

「我對養豬是門外漢，朱老弟你隨便吩咐吧！」

我們在朱先生的豬場吃過簡單的晚飯，因為秀珠有點作動的樣子，我們三個人也緊張起來，原來朱先生也是第一次為母豬接生。

為了紓緩緊張氣氛，朱先生為我們講解：「在正常情況下，每五至二十五分鐘會產出一個胎兒，全個過程大約持續二至四小時，當全部小豬出生後，約十至六十分鐘胎盤會脫出，分娩的過程就完成了。」

「朱先生，秀珠產子時，我們要怎樣幫忙？」爸緊張兮兮的。

「母豬分娩時，可以讓牠自然產出胎兒，也可以在小豬剛露出時，用手輕握小豬，隨母豬用力的方向向外牽引出小豬。小豬出生後，要立即用清潔的毛巾擦淨口、鼻和全身黏液，之後要剪斷臍帶，將臍帶內的血液向腹部方向擠壓，在離腹部四至五厘米處，將臍帶剪斷，然後用碘酒消毒。剪斷臍帶之後，就要將小豬編號，秤秤牠們的重量，將小豬放入保育箱裏面，並開始登記哺育紀錄。」

爸將朱先生講的仔細用筆記下，之後說：「請朱老弟分配工作吧！」

「好的，請駱先生來幫忙接生，我來剪臍帶，駱小姐幫我做登記好麼？」

「好啊！」我們說，然後各就各位。

我們各就各位到深夜三點，秀珠也再沒動靜，牠睡了。

朱先生說：「你們回去睡吧，我想秀珠今晚不會分娩的了。」

我和爸回樓上去睡，他第二天早上回荃灣的家去了。

累了一晚，我睡到第二天下午兩點鐘才起牀。到吃晚飯時間，爸來電話問候，我答：「秀珠還沒動靜啊！」

爸聽了很失望，然後我聽到門鈴聲。開門，是一身大汗的朱先生。

「請來幫忙，秀珠要生了。」

秀珠躺在乾草地上，很辛苦的樣子，羊水已經流出來了。

「秀珠的體質比較瘦弱，又是頭一次生產，我有點擔心。」

我已拿了毛巾、火酒、剪刀、橫筆等等全副武裝。秀珠愈來愈辛苦了，叫得淒厲，牠開始呼吸困難、心跳得快。

「有點難產跡象，我要為牠注射催產素！」

他拿出針筒來，為秀珠注射了兩毫升人工合成催產素。

秀珠努力掙扎，努力將小豬推出來。

我看到小小豬的頭了，「朱先生，朱先生，頭出來了！」

他用手輕輕地拉着小豬的耳朵，把牠拉出來，用手承托着。啊！血淋淋的小豬。

「小豬沒呼吸！」他說。

「那怎辦？」我大驚。

「要用人工呼吸！」

他將小豬四腳朝天，一隻手托着牠的肩部，一隻手托着牠的臂部，然後兩手一伸一伸地重複着動作，同時有節奏地輕輕按壓小豬的胸部。

小豬呼吸了，牠的鼻裏流出一些黏液，就能呼吸了！

太好了，太好了！小豬是健健康康的。

「喂，又有另一隻小豬要出來了。」

然後又一隻、兩隻、三隻、四隻、十一隻、二十一隻、三十隻、三十一隻……秀珠生了三十一隻小豬。

朱先生和我已經累到不能動了，他額上有一點點小汗珠，我拿了乾淨的濕毛巾，為他拭汗。

※　※　※　※

我和養豬的朱先生做鄰居相安無事一個月後，當我在一個傍晚去探望小豬時，卻看到了可怕的一幕！

朱先生竟拿着閃亮的菜刀走近豬隻，我差點想去奪他手中的刀，但他的神色太可怕了。他眼睛血紅，木無表情地一步一步走近婉兒，像一個在午夜出現的殺人狂魔。

「你想怎樣？」我大嚷。

「我要宰掉婉兒！」他眼中紅筋滿佈，聲音震顫着。

「為什麼？」

「養豬不是為了要來宰、要來吃的嗎？」

「不！不！」我猛力搖頭，「我從來只想着要養大牠們，要令牠們開枝散葉，可從沒想到要殺牠們、吃牠們，就算要宰掉，也該等牠們大一點呀！」

「豬老了肉就不好吃，還有燒臘店向我拿乳豬去燒啊！」

什麼？小豬們？牠們才剛出生！

這時小豬走近我，在我腳下盤旋，牠們也似乎聽到自己悲慘的命運。

「要宰殺，可以送到屠房去呀！我不想看見牠們被殺，也不想看見你殺牠們，這是謀殺！」

「豬根本是養來謀殺的，為牠們配種、為牠們接生，餵牠們、養牠們，等牠們長大了要殺牠們、吃牠們！」

太殘忍了！

「誰要買牠們？我給你雙倍的錢，你不要殺牠們好嗎？你看，婉兒牠在哭呀！」

我的的確確看見婉兒眼中有淚光。

「不是錢的問題，我是養豬的，殺豬、宰豬是養豬的最後一課，我一定要親手做，不然就不會熟悉全個養豬的過程！」

「怎麼會呀？難道生孩子養孩子的，也要把孩子殺了，才是熟悉全個養孩子的過程嗎！」

「不要説了，你別礙着我，我已讓婉兒禁食了三天，必定要殺牠，不然牠也會餓死。」

「不，不，不，你不能殺牠！」我飛快地跑回家打電話給爸告訴他，然後把朱先生叫來，把電話筒遞給他，代他拿着那幾斤重的刀。

「朱老弟，三思而後行啊！你待我來了，我們商量商量再作打算吧！」

朱先生還給我電話筒，頹然坐在地上，我知道他也是不想殺婉兒的。

我拿了一些豬糧給婉兒吃，牠狼吞虎嚥地，大概快要餓壞了。

這天晚上，我一夜沒睡好，一合上眼就看見朱先生在宰婉兒。

豬場那邊仍是死寂寂的，寒氣迫人。

晚上，我按捺不住，潛入豬場去窺探，看看他有沒有偷偷在殺豬。

從窗沿看進去，朱先生手拿一條白色的電線，電線裏面的紅色黑色金色線露了出來，他右手拿着電線一步一步的走近婉兒。

此刻的他，像一個瘋狂的嗜血殺人魔。

「救命！救命！」原來我可以叫得這麼響亮，如果不是怕漏電，我會奪去他的電線。

朱先生驚愕地轉過頭來，模樣很駭人。他說：「我想用電殛法，婉兒會少受點痛楚，殛昏了，我再拿牠去放血，去宰掉！」

「不行呀！」我嚷。

他還是一意孤行，我大叫：「救命呀！殺人呀！不，殺豬呀！」

這幾聲叫喊，驚動了鄰居來察看。

「什麼事？」

我手指着朱先生，就哭起來了。鄰居忙問發生什麼事，但他們愈問我就愈哭得厲害，他們轉去問朱先生，看見他拿着電線的模樣也嚇了一跳。

「我不過想殺豬吧了。」

「這麼晚才來殺豬，你看把詠書嚇成這樣，小豬們也着慌了。」

朱先生頹然放下電線，還走去關掉電掣。

我止住了哭聲，回到家裏，我打電話給爸，爸也説朱先生太固執了，我覺得他有點異樣。

夜更靜的時候，我還是闔不攏眼，走近窗去，看見朱先生在喝酒，身旁有幾個啤酒罐，於是我又下樓去看看。

「到底是什麼事？我知道不是為錢，也不是為了什麼最後一課是殺豬的。」

我拿走他未喝完的啤酒，坐到他身旁去。

「我是覺得有這樣的必要！這幾天，我發現豬中間流傳着傳染病。」

「是什麼病？」我緊張兮兮地問。

「可能是副傷寒，這病多數發生在二至四個月大的小豬身上，發病不分季節，帶菌的豬排出病菌，污染環境，經消化道傳染其他豬。也許是最近我少了洗豬場，令環境髒了，加上氣候變冷，所以……」他很內疚，「染病的豬會發高燒，體溫達攝氏四十一至四十二度，牠們精神不振和不肯吃東西，你看看，牠們的耳朵、腹下部和四肢的皮膚也會有紫紅色斑塊。」

「有病的豬會怎樣？」

「這些豬多數會在染病後二至四日便會死亡，死亡率很高。」

「那怎辦？」

「要將有病的豬隔離，然後將豬圈消毒，可以餵患病的豬吃土霉素、氯霉素和痢特靈。」

兩天兩夜我和朱先生在豬場消毒、清潔，我們都不敢告訴爸媽，怕他們擔心。

勞累兩天之後，還是救不了患病的豬，那些小豬死了三分之二，只剩下九隻，還有秀珠也死了。

我們把病死了的豬埋在堆填區。

「只剩下這些了。」我說。

「不能再讓牠們死！」朱先生說。

他天天為小豬清潔、量溫度，一個星期之後，當小豬一隻隻變得健康的時候，我卻病倒了。

「會不會是傷寒？」我問他。

「該不會傳染給人的。」

他拿着探熱針，眉頭緊鎖，「四十一度，你發燒呢！」

「你看看我的身上有沒有紫紅色的斑？」

「傻瓜！」他輕罵。

「我會不會死？你會不會將我和那些豬埋葬在一起？」

「別這樣説嘛！」

我看見他的睫毛上懸着一滴淚，我把他弄哭了。

他帶我到元朗看了三次西醫，吃了一個星期的藥，還是沒有起色。但看完病之後，在下車走回家的路上，我趴在他的背上，他給我講這陣子小豬間的趣事，我感到病也是快樂的，每次我在病榻上，睜開雙眼時，都看見坐在旁邊愁眉深鎖的他，他的人也像瘦了一圈。

今天爸媽來探過我，我的病有了起色。那一晚，我推開窗，看見他坐在天井中，抬高頭看着我的窗口。相信這幾晚，他也是這樣坐着，看着。

他沒精打采的，靜得出奇，我感到有點不尋常，急忙跑下樓去。

推開豬場的鐵欄，裏面沒有一隻豬！

「豬呢？」

「都送了給人。」他無奈地說。

「送了人？」

「是牠們令你病倒的，我把牠們都送走了。」

「你怎可以這樣！」我頓足大叫，「你快給我把牠們找回來，一隻也不能少！」

朱先生把豬送了給附近的農場。一隻也沒留下來。

「牠們是經歷了一場大病才留下來的，你竟然把牠們送給人！」

看見他沮喪的樣子，我不忍再罵他。

他說：「你是因為照顧牠們而病的，想起那些死去的豬，我很害怕，我怕你會和牠們一樣。」

「不要坐着懊悔，我們總要做點什麼的，你帶我去那些農場，我要把牠們找回來。」

我們到了粉嶺的一個有機農場，農場主人卻說牠們已經不在了。

「你把牠們送到哪兒去了？」我問農場主人。

「牠們已經給送了去屠房。」

「送了去屠房？你怎可以將人家送給你的豬送去屠房！」我邊走邊罵。

「養了豬不是送去屠房，要來做什麼，還要養牠們過世嗎？」農場主人在我後面大喊。

我們坐計程車趕到上水屠房，朱先生一言不發，不知道在想什麼。

一進了屠房，我就大叫：「刀下留人，不，刀下留豬！」

屠房的人帶我去看，到處都是剖開了的豬，慘不忍睹。

「你認得出哪一隻是牠們嗎？」我問身旁的他，淚珠大顆大顆地滴下來。

他搖頭，然後彎下身，想嘔吐。

我扶他坐到一旁，他暈眩得厲害。

我不知道該怎樣安慰他，我們應該隨便搶走兩隻剖開了的豬，回去安葬嗎？

「除了這些，還有別的嗎？」我絕望地問屠房職員。

「剛運來的一批豬還在後邊淋浴，清潔完才拿去宰。」

「在哪裏？請你帶我們去，帶我們去！」

我一把拉起朱先生，朝屠房後面狂奔。

「要屠宰的豬，會先淋浴，然後把牠們弄暈，再刺殺放血，然後燙毛、刮白毛和剝皮。」那個屠房員工不厭其煩地在解釋殺豬的程序。

「別吵！」我向他大叫。

那滿地濕漉漉的大房間裏面，幾個大花灑，正向十多隻肥豬猛射，我大叫：「關水喉，關水喉啊！」

水喉被關掉了，我衝進去逐隻查看，一隻兩隻三隻——那是鳳兒！全身濕透的鳳兒怪可憐的，牠看見我，知道我是來救牠的。牠向我疾衝過來，我和牠深深相擁，弄得我的衣服也濕透了。

另一邊廂，朱先生也找到了婉兒，不知道從哪兒來的神力，他將小豬邊拉邊推過來。

我又在豬的眼睛裏看到淚光，不只牠們，還有我們，兩個人、兩隻豬擁在一起。

屠房的人找來一架貨車，將我們送回豬場，爸媽在門口歡迎我們。

一隻也沒有少，我們找齊了所有豬隻。

「沒事了，小豬們都回來了。」媽說時一臉欣慰。

「我也沒事了，」我拉朱先生的手放在自己的額頭上，他點頭。

「以後不要再將豬送給人了，好嗎？雖然每一隻豬也會被人屠宰，但每一隻豬也可以在被屠之前快快樂樂地過活，不用愁眉不展地等待死亡。」

看着那些小豬，我希望牠們會懶洋洋、閒散散地過日子，直至命定為主人犧牲、貢獻自己那一天，而不是被疾病折磨，或因不明的原因過早地被屠宰。

「我知道了，我們要好好地過生活，小豬們也要好好地過生活，直到被送去人道結束生命那天。直到那天之前，我也會好好對待牠們，我要盡一切努力經營豬場，給牠們最好、最合理和人道的待遇。」朱先生像下定了最大的決心的說。

香港在五、六十年代，在新界有不少簡陋的豬場，經營者皆個體戶，他們利用新界尚未發展的山頭和農地，用木料蓋搭起簡陋的豬舍，養豬數目因地制宜，地方大的，會飼養過百頭，地方小的，飼養數頭也有，而基於當年港英政府對環保管制並不嚴格，因此清洗豬欄和豬隻排泄物都隨意排放到河道，日積月累之下，豬場一帶就會臭氣熏天，也成為新界的一種獨特氣息。

政府在 2006 年提供經濟誘因，鼓勵豬場場主交還牌照，當時全港有 265 個豬場，共飼養 33 萬隻豬，其後不少豬場場主交還牌照換取補助金，令本地飼養的豬隻大減。按漁護署數字，2007 年應市的本地豬接近 27 萬隻，而在 2017 年就只有約 10 萬隻本地豬供應，全港 200 多戶養豬場一下子僅剩 40 多戶，附近的豬場早已不見蹤影，昔日農村換成一棟棟高尚住宅。

朱先生自六十年代開始養豬，因為父母患病，家裏環境拮据，他小學便輟學擔起頭家，十多歲便接替父母工作，成為全職豬農。當年初入行時，養豬技術並不純熟，飼料養豬還未盛行，才十多歲的他經常要向酒樓收集廚餘作為餿水，每天一大早便要起牀燒柴，再把餿水倒進大鍋裏面翻煮，煮畢餿水已疲憊不堪。

那個年代口蹄病常在豬舍爆發，豬隻亦容易難產、死亡率高。豬隻發病，作為豬場主人的他便唯有多看書自學鑽研。九十年代金融風暴襲港，同時泰國的冰鮮豬肉引入，豬價短時間內跌了五成，千元一擔的豬，跌至六百元。後來又有哮喘豬、豬流感、非洲豬瘟等，幾乎令豬場全軍覆沒。

昔日豬價百多元一擔，現時千元一擔，銀碼雖然高了，但通漲幾十倍，利潤實際上卻比以往低。時代不停轉變，然而他卻從未想過交牌給政府，他自言要繼續「用心照顧豬隻，如同照顧家人一樣。」

編採札記：寫信檔的興盛與衰落

① 寫信檔的興盛

五、六十年代香港人普遍教育水平不高，當年香港用英語作為法定語言，不論申請安裝電話、電錶，填寫政府申請表格，均須以英文填寫，加上電話不普及，因而衍生了「寫信佬」或「市民秘書」這行業。業務主要為客人寫家書，向故鄉親友報平安，甚至寫郵包的封面地址，寄回鄉下接濟內地親戚。1915 年油麻地郵局落成，旁邊雲南里就開了很多寫信檔口，以「專業報稅，中英文件，各項申請」為主，為客人寫信、申請牌照、填寫表格、報稅表、撰寫投訴及調遷等書函的檔口。

九龍中央郵政局外觀

徐伯縷述：「早於四十年代，香港已經有『寫信佬』，到了五十年代，這個行業逐漸興起，成為一個蓬勃發展的行業。寫信檔主要集中在油麻地雲南里，整個雲南里成行成市。那時我們由早上九時開始便為客人寫信，直至晚上 11 時才收工，客人還要排隊由街頭排到落街尾輪候。」

「這行業沒有特別興旺的年代，只要政府出稅單，就是旺季，以前可說全港公司都會來找人幫忙報稅。一到稅期，小巴、的士、士多等都要報稅，一單 30 元，十單 300 元，一天十單、八單就有幾百元收入，當時月入一萬幾千元都頗可觀。報稅這回事，雖然有很多表格要填，但熟能生巧；每年政府有什麼稅務優惠，我們只要看電視新聞就知道得一清二楚。」

報稅是主要收入來源，佔全年收入約八成，但報稅旺季只每年四至七月，其他日子要靠填寫雜件幫補。當時幫忙報稅每天能賺取 300 至 400 港元，月薪更高達一萬港元，這對當時的人們來說相當可觀。在那個一碗粉麵只賣兩三角錢的年代，一封書信盛惠一元二至五角，對普通打工仔來說，可算是高收入一族了。

當年檔攤全盛期多達近 40 檔，至政府於六十年代開始發牌規管。雖然以往只需一盞油燈、一張木枱便可開檔，但是申請「寫信牌」並不容易，當時約 20 人爭一個牌。徐伯表示：「這些叫恩恤牌，讓那些傷殘、退休人士、子女多的人自力更生，一旦牌照的牌主死了就要收回。」

② 寫信檔的衰落

隨着香港的經濟發展和識字的人數上升，到了七十年代，要求「寫信佬」寫家書的人數下降，當時寫信佬這行業險些被淘汰。但是自廉政公署成立後，政府解僱了不少公務員，有一批「猛人」如前政府公務員、退休「幫辦」等紛紛加入寫信的行列。他們英文程度高，且熟悉政府部門的運作，也有曾經在會計師樓和律師樓工作可以為客人寫英文文件信和法庭信的人加入這一行，挽救了行業的危機。至於其他不懂英文和不熟習法庭文件或一般文件寫法的「寫信佬」，便會找拍檔幫忙。

寫信檔新式招牌

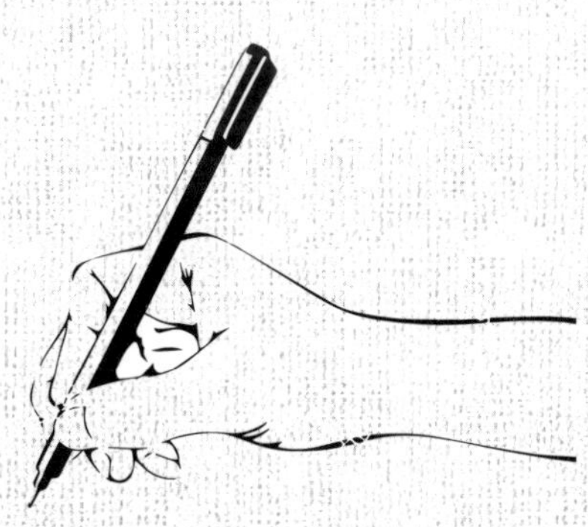

九七回歸後，中文成為法定語文後，政府文件均可以中文填寫，加上市民教育水平上升，報稅檔的生意隨即一落千丈。進入電子世代後，人們可以透過網絡完成包括繳稅等，令這個行業的需求逐漸減少。寫信檔經歷了四度搬遷，直到搬到油麻地玉器市場這個現址，曾經好幾十個書信檔已所餘無幾。

徐伯指出：「以前沒有那麼多學校，讀書要花錢，也沒多少人識英文，現在的人文化水平高，有不懂的都可以上網查，我們的生意哪有得做？以前最高峰這裏有近40檔寫信檔，後來檔主死的死、無做的無做，而且新客愈來愈少，無人買無人賣，只剩下零星幾個老熟客幫襯，獨沽一味報稅，如果連報稅都無就沒得做。如今僅剩4檔書信檔，我自己還有氣力就做，做得一日得一日。」

對於寫信這行業式微，徐伯說世界變遷由不得他留戀，只能豁達地說一句：「活在這個年代就要適應這個年代的事情！」現在喜臨門領的是政府特別發出的恩恤牌照，當最後一代的寫信攤檔結業，也就是這個行業終結的時候。

三、好老師與落花生

一個穿着運動裝的中年女士站在寫信檔前，悵惘良久，我本不想打擾，但還是禁不住好奇心，上前自我介紹。

「我唸中學時的中文兼體育老師退休後曾到這裏的寫信檔幫人寫信，是著名的『四大女將』之一，從前我有空時會來寫信檔找她敍舊。老師在上個月過世了，師恩難忘，我特地來這裏懷緬一下。」她一臉黯然。

「可以告訴我你們的故事嗎？」我不揣冒昧。

落花生

童年的時候，我最喜歡吃的，是外婆親手造的花生糖。然而，在外婆病重之後，我們再沒有收到她造的花生糖了。思念花生糖味道的媽媽會去九龍城的和記隆潮州花生糖店，買些糖果回來，回味從前外婆對我們的關愛。

這些包裝簡單的花生糖裏面，有些附上一張介紹糖的掌故和營養成分的紙張。

其一是花生軟糖——花生是豆科植物落花生的種子，它是花落以後，花莖鑽入泥土而結果，所以又稱「落花生」。由於它營養價值高，吃了延年益壽，故又被稱為「長壽果」。花生含有水分、蛋白質、脂肪、醣類，維生素 A、B6、E、K 及礦物質鈣、磷、鐵等營養成分，可提供八種人體所需的氨基酸及不飽和脂肪酸、卵磷脂、膽鹼、胡蘿蔔素、粗纖維等有利人體健康的物質，營養價值絕不少於牛奶、雞蛋或瘦肉。

其二是明糖——成分為麪粉、麥芽膏、食油、白糖，首先以麪粉摻水搓成麪團「洗漿」，即以水沖洗後，取出麪筋，剩下的水拿去煮，再加上上述各種材料煮成稠狀，將之倒在一個鐵盤裏，撒上芝麻即成。傳説明糖是鄭成功的部隊發明的，他們在福建抵抗清兵，身上總是帶着明糖，肚子餓了就吃。因為當時抗清，就把這種食品稱作「明糖」，以示堅毅抗清，不忘復明！

其三是貢糖——成分是白糖、麥芽膏和花生。做法是先將白糖及麥芽膏煮成稠狀，放入炒熟去皮的花生，取出後趁未冷卻時，以木槌敲打，一直搥打到花生及糖細碎均勻，才將較黏的部分做成外皮，包裹散碎的部分即成。

因為這些糖的售價不便宜，而且又要遠道去九龍城購買，童年的我是很難有機會品嚐的，幸運得到了，會捨不得吃。媽媽一年中只會買兩、三次這種糖果，買了之後，她不會很快的把整盒糖果吃完，而是分開好些日子，每次給自己、哥哥和我一顆糖果。這一顆糖，是對她自己，還有對我們的表現起獎懲的作用。假如我那天功課完成得快，或者測驗、考試拿了八十分以上，那天睡覺時，在我的枕頭旁邊，我會發現一包花生軟糖，這是我當天表現乖巧得到的獎勵。

當然，媽媽不讓我在睡前吃，我會珍而重之的把這包糖珍藏起來，留待第二天作為午飯後的「甜品」。花生糖成了母親對我的獎勵、鼓勵，每次得到花生糖，我都會樂上大半天，因為，除了有糖果吃外，還有母親的愛和鼓勵在其中。

媽媽愛我，她給我的關顧，比給哥哥的更多，因為我自小身體弱，還害了哮喘病，所以媽媽對我照顧有加，幾乎是不眠不休的。我讀小學的時候，幾乎是要風得風，要雨得雨，爸爸罵我，我哭得抽抽答答的時候，媽媽害怕我呼吸急促會引發哮喘，反會幫我責備爸爸；當哥哥和我爭玩具，我朝哥哥吼叫的時候，媽媽也會害怕我太激動，令哮喘發作，常常要哥哥讓我。

在學校裏，我是「奉旨」不用上體育課的，別的同學在操場辛苦跑步、做運動，我就只在場邊散步，對於這麼懶、這麼不好動的我來説，這病簡直成了我的擋箭牌、護身符。

在媽媽沒外出工作、在家照顧我和哥哥的時候，我就是她的掌上明珠、小公主，那段被寵的日子，真是快樂。只是，好景不常，讀小三那年，爸爸撇下了我們，跟另一個女子住在一起。從此，媽媽要出外工作謀生，再沒有多少時間照顧我們，我便由小公主變成了野孩子。

沒有媽媽在家，再沒有人管束我，諸如不讓我吃冰淇淋、冰棒之類，因此我的病發作得頻密。媽媽連送我上學也沒時間，每天只在家裏的陽台看着我自己走過馬路上學。那時候，抬頭看看媽媽那雙眼睛，我知道她在責備自己疏於照顧我。

自從媽媽外出工作之後，她開始抽起煙來，而且抽得很兇。也許她並不知道，因為她抽煙，令我的哮喘惡化得更快，也許是尼古丁令味覺變壞，媽媽由那時起沒再吃糖果，她亦再沒有買花生糖給我了。

隨着哮喘病情惡化，我的身體也一天比一天瘦弱，升上中學之後，我常常是班中最瘦弱的那一個。我像竹篙一樣的身形，也成為了同學取笑的對象。自此，我由小學時驕傲的小公主，變成中學時自卑的可憐女孩。

我不喜歡外出，不要跟同學出去玩，因為我自卑，感到自己是一隻醜小鴨——一隻永遠沒辦法變成天鵝的醜小鴨。每天下課後，我都呆在家裏，我相信，只要家裏還有對我好的媽媽、哥哥，生活還是可以過下去的，我可以不需要朋友、不需要別人的認同、讚美。

可是，後來連這個最後的堡壘也失陷了。

我唸中三那一年，媽媽患了肺癌，做第一次化療之後，她下定決心戒煙，還積極地要過健康的生活，吃健康食品，學耍太極、練氣功。可是，大半年之後，她的病還是復發了，幾個月之後，就離開了我們。

媽媽離世之前，囑咐舅父照顧我和哥哥，我和哥哥的學費、生活費，都由舅父一力承擔。沒多久，哥哥進了大學，住在宿舍裏，只剩我一個人在家，定期接受舅父的賙濟。

這時，學校的老師也知道了媽媽逝世的事，關注起我的情況來，教中文科和兼教體育課的楊老師對我很不錯，她勉勵我好好鍛煉身體，因為，我可以健康、快樂地成長，該是媽媽的願望。

楊老師說我的雙腿長，適合長跑，雖然高中才開始練跑是遲了點，但只要持之以恆，努力鍛煉，一定可以拿到好成績的，而且，就算在比賽裏拿不到好成績，至少可以令自己的身體更健康強壯。

媽媽死後，我更害怕患病，我不想像媽媽一樣鬱鬱而終。她為我們終日忙碌工作，沒多少時間休息，加上煙抽得厲害，終於把身體搞垮了，我真不想像她那樣。

肺癌是和遺傳基因有關的，雖然我的哮喘因為她抽煙而變得更嚴重，但我相信情況一定可以改變的。誠如楊老師所言，我要努力令自己的身體變得健康。我開始每天練跑步，雖然最初跑了幾步便氣喘，但我遵照老師的指示，起初只跑一會，然後慢慢把跑步的時間加長，速度加快，同時，她也鼓勵我去學游泳，說這樣會令我更強壯。

往後的一年多，我堅持每天都練跑步，每天兩小時，就算有時跑不了，我也堅持步行兩小時。因此，到了讀預科那一、兩年，我的身體狀況改善了不少，哮喘復發也少了，楊老師還打算推薦我去參加學界田徑比賽。

直至高考前的數個月，我才停止了練習跑步，沒日沒夜地專心溫習功課。也許因為壓力太大，也許因為我的心情太緊張，在高考前幾天，我的哮喘復發了，而且一發不可收拾。

那幾天，哮喘的情況令我走幾步路也不能，即使我支撐着到了試場，坐下之後也不停喘氣，因此，我辛苦預備了兩年，竟沒法去考試。

我已經沒有入大學的希望，身體也垮掉了，我整個人陷入了絕望，原來我下了多大決心、多努力，付出再多也沒用，一次復發，已可以把我完全擊敗、打垮。

呆在家裏，胡思亂想，萬念俱灰，我支撐着走到露台，打算一躍而下，了結自己的生命。那時候，我的一隻腳已踏了出去，看到街上時，我忽然想起自己讀小學時，媽媽就是在這裏看着我過馬路去上學。雖然她每個晚上很晚才下班，可是，她還是犧牲了睡眠時間，辛苦地爬起牀，到陽台上看到我平安過了馬路回學校，她才再安心去睡覺。

曾經，這麼珍愛我、視我如掌上明珠的母親，她一定不希望我這樣怯懦，就此了結自己的生命。當母親患癌時，也從沒有放棄過，即使化療過程如何辛苦，她亦堅強的熬下去……她一定不會希望我這樣輕易放棄生命的，還有哥哥……我是他在世上僅餘最親的人了……

思前想後，我把那已經踏了出去的一隻腳縮回來，我問自己：既然有勇氣自殺，為什麼沒勇氣堅持下去，撐下去？

回到客廳，我為自己擬定了奮鬥計劃，在一個月內，我要好好放鬆、休息，調養好身體，然後，在下一個月，我會找楊老師商量，好好再擬定我的訓練大計。

之後，我會重考高考，還要裝備自己參加長跑比賽。我也告訴自己要有哮喘復發的準備，無論多艱辛，無論怎樣灰心、失望，我也一定會撐下去。

在那一個月裏，我只是在家裏偶而看看書、散散步，此外，就是為自己煮一些有營養的食品，為自己的身、心、靈作準備。這段時間較清閒，百無聊賴的我，在家裏左翻右翻，竟在媽媽的遺物中，發現了寶藏。

我發現媽媽珍藏了一本書，那是中學年代有一次楊老師獎勵我中文科成績進步送給我的一本散文集，我看過一次後便把書擱到一旁，沒想到媽媽卻把書珍藏起來了。在其中一篇文章上夾了一張書籤，那篇文章是許地山的《落花生》，她還在文章中用螢光筆間下了好幾行文章的內容：

「爹爹説：『花生的用處固然很多，但有一樣是很可貴的。這小小的豆不像那好看的蘋果、桃子、石榴，把它們的果實懸在枝上，鮮紅嫩綠的顏色，令人一望而發生羨慕的心；它只把果子埋在地下，等到成熟，才容人把它挖出來。你們偶然看見一棵花生瑟縮的長在地上，不能立刻辨出它有沒有果實，必得等到你接觸它，才能知道。』

我們説：『是的。』母親也點點頭。爹爹接下去説：『所以你們要像花生；因為它是有用的，不是偉大、好看的東西。』我説：『那麼人要做有用的人，不要做偉大、體面的人了。』爹爹説：『這是我對於你們的希望。』

我們談到夜闌才散，所有的花生食品雖然沒有了，然而父親的話現在還印在我心版上。」

這本書一定是媽媽從前珍愛的書，這篇文章一定帶給過媽媽很大的鼓勵，而她間下的這些內容，一定在她的人生中起了鼓舞、安慰和座右銘的作用。

雖然媽媽的一生這麼艱苦、命途多舛，可是，她仍有寶貴的回憶及值得珍藏的東西。回看我自己，除了童年時媽媽對我的寵愛，整個中學階段，可以讓我回憶、回味的事並不多。這篇文章讓我想起媽媽對我的教導，更想起童年時媽媽常常買給我吃的花生糖。

第二天，我去九龍城買回了好幾包花生糖，我決定要為自己的人生留下美好的回憶，我要努力去蒐集人生中美麗的人和事，讓他們化成美麗的回憶、人生的鼓舞。我不可以讓人生白過，不可以讓自己在年老之後，留下給自己的只有遺憾、哀歎和不甘心！

就如我自己計劃的情形一樣，不足一個月，我已經康復了。那一年暑假開始，我每天練跑兩小時，甚至更長的時間，風雨不改，從沒一天間斷。我依照楊老師為我擬定的訓練計劃，嚴厲地要求自己，要自己努力不懈，堅持下去。

一年之後，我參加了幾次長跑賽事，得到了不少獎牌；高考成績也不錯，考進了體育學院繼續學業。最令我高興的是，我沒有食言，盡一切力量令自己的人生變得精彩。

我和舅父、哥哥一家人的感情很好，身邊也有許多好朋友，我很相信，十年後回望過去，我可以告訴自己：此生無憾。

這一切一切，也可以靠自己的努力爭取回來的，如果我當時放棄了，就不會有今天的一切——一份好職業、身邊有兩個好朋友和許多精彩的人生經驗、許多美麗的回憶了。

這就是我關於媽媽、楊老師、花生糖，還有《落花生》這篇文章的回憶——「所以你們要像花生：因為它是有用的，不是偉大、好看的東西。」

故事〈好老師與落花生〉中提到的和記隆潮州禮餅店

禮餅店售賣不同種類的潮州糖果，有故事中提及的花生軟糖外，亦有圖中的芝麻糖及花生脆糖

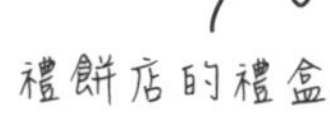

禮餅店的禮盒

編採札記：書信的內容與陣容鼎盛的猛人

① 書信的內容

代客寫信興起於六、七十年代，由於當時長途電話費昂貴，中文未成為法定語文等因素，舉凡家書、情信、合約、求職文件、政府文件都是寫信先生的業務範圍。一般中文書信以家書為主，而五、六十年代客人多以一些「媽姐」為主。

1 家書

當時大部分的客人是家傭和水上人，她們多是隻身由內地來港工作，也有不少女客人的丈夫是越洋到美加或東南亞工作（俗稱「賣豬仔」）的。徐伯說：「她們一般只要求寫內容簡單的家書，多是問候對方、報平安，或是提出有關物質需求的。」

徐伯由此深深感受到當時人們為了生活流落異鄉的痛苦：「有些女客人孤身來港當傭人，感懷身世，一說到自己的辛酸史便哭過不停。我也不想看見她們傷心，令我自己也觸景傷情。我淪為街頭的『寫信佬』已經不好受，所以不想幫那些情緒激動的客人寫信，不想見到愁眉苦臉的客人。」

因着寫家書，徐伯為客人解決過不少難題。曾經有些客人因受父母壓迫而想離家出走，來找他寫信時，他便會以「淒涼」的語調講出「十月懷胎」、「養育之恩」等說話打動他們，令他們打消離家的念頭。更曾有一位知名女藝人的母親因為藝人女兒戀上了癮君子，請徐伯幫忙寫信勸解。徐伯攪盡腦汁，寫出感人至深的字句，感動了女兒重投母親懷抱，終至破鏡重圓。

徐伯說：「對於離家出走的人，最傷腦筋是運用哪些字句打動他們回家，要提到母親十月懷胎，供書教學的養育之恩，最後他們很多都肯回家的。一封寫得好的書信予人的感覺是真誠一點、親切一點的，而且可以永遠留為紀念……」

2 情信

徐伯寫情信的多年心得是要「避免深奧」。他說：「應說的便說出來，不用刻意咬文嚼字。要打動對方就必需坦白，用詞太深奧反而令對方難以吸收。」

徐伯說：「有些三行佬、做樓面不識字的，就會找我寫情信，情信寫法都是千篇一律，來來去去都是說讚美的說話，真誠的讚美的話會讓女性更受落。當然，作為寫信的要靠客人對收信人的形容，才能對其外貌言行作出讚美，常用字眼如『仰慕你』、『人品好』、『斯文有禮』等。」

不單寫信，收到回信時，客人也帶來找徐伯將綿綿情話讀出，由一面之緣、互相思念到廝守終生，他做了許多次月老。

也曾有一些妓女要求為她們寫信，但徐伯不做她們的生意，他說：「與她們接觸不太方便，而且我很害怕她們會帶一大班姊妹來騷擾我們，故此我通常會把生意讓給女行家。男人較少寫這些信，這裏曾有4位女將，是做過教師的文化程度頗高，很受女顧客歡迎。」

3 求職信

代寫求職信也是徐伯的工作，通常為客人求職的是出賣勞力的工作，如酒樓樓面、司機、搬運等。這些客人當中，有些連講話也講不清楚，所以他需要盡量引導客人說出自己的資歷、優點，而身體強健、刻苦耐勞、無不良嗜好等字眼就常出現於他的筆下。

覓得工作在當時是大事，客人在第一次出糧後，不是請徐伯飲茶便是送禮物給他，一些客人更因而與他結為好友，即使身處外地仍不忘他的恩德。

徐伯說：「能夠助人是最快樂的，當然生意好就更開心啦！」在那些日子，整天有客人排隊等徐伯幫他們寫信，他要朝十晚七接待客人，晚上7時收檔後，還要花個多小時，將文件謄寫妥當，以便客人翌日來取。

4 申請信和其他公文

徐伯說：「從前通訊不發達，識字的人又不多，不止報稅，舉凡申請都要寫信。不說不知，三、四十年前，油麻地的舞廳每個月都要報反黑組，要填入幾多個小姐走了又來了幾多個，要交一大疊文件。現在舞廳大多都執笠了，就算有未執的，一個電話打去就行了。」

徐伯代寫過各種書信，唯獨不寫投訴信。他說：「做代筆寫信的，不怕紙短情長只怕『手尾長』，代寫投訴信只『聽一邊唔聽一邊』未免有失公道，是是非非不好搬弄，所以『未知全貌，不予置評』，寧願不寫。」

專業寫信必備條件：

1. 好記性：要寫信給眾多收信人，需大概記得以往的談話，不然便會說話重複。

2. 多閱讀：要經常閱讀書報，好讓文筆進步。

3. 有熱誠：寫信不是搬字過紙，更要替客人解決難題。難怪客人不會不滿其表現，還對他百份百尊重，付錢時還千多萬謝。

② 寫信檔猛人

「不要小看我們這些『路街邊』的人，這裏其實卧虎藏龍。初期在這裏有不少在內地工作時高薪厚祿的『猛人』，他們是大陸機關秘書級、內地的學校教務主任，只因他們不懂英文及多已步入中年，來香港後很難找到理想的工作，惟有利用自己的學識為人服務，藉此維持生計。」

徐伯又憶述從前該區多黑社會流連，過時過節更要向他們付紅包保平安，其中有「四大女將」卻從不向黑勢力低頭，她們都是代寫書信的退休女教師，因她們主要做女性生意，總會以長布遮掩檔口以保障客人私隱。

他說：「只有她們的檔口是有門簾的。她們是退休老師、校長或公務員，文化水平高又懂英文，所以很受歡迎。媽姐、舞廳小姐、妓女都會叫她們寫情書，因為向男人講不方便，所以會找女士幫忙寫，內容

小舖內放滿綠色的稅單信封

寫信檔舊式招牌

都是一些『情情塔塔』。以前情信的內容很簡單，憶述當天結伴賞湖，寫到念念不忘就行！女將們一聽就明，就知要怎樣寫，聽少少就識得幫客人作下去。」

另外，當時的檔主們的猛人還有退休警司、幫辦、師爺、校長、前政府公務員等專業人士，令這裏彷彿變成退休界的「政府總部」，提供打官司、報稅、翻譯、核數等服務，不少客人會排隊等開門。

徐佰娓娓道來：「他們之前打開政府工，沒得做就來這裏開檔，好多政府法律文件只是他們才懂應付，我們不懂的。其中有一個人人稱他龔 Sir，是督察或者『士沙』（警署警長）的高級人員。有些人經過會專程停車進來跟他打聲招呼，就連『古惑仔』看到前高級警司都會表現恭敬，向他敬禮；市民打官司，也會到這裏徵求法律建議。」

四、在公園下棋的他

午飯時分，常見到一個老太太帶着舊式飯壺來送飯，因為她總是來去匆匆，沒機會跟她聊上幾句。今天又遇見她，見她甫放下飯壺就把握機會上前跟她聊幾句。

「寫信先生不在，他不知跑到什麼地方去了。」我說。

「該是又去了附近的公園下棋吧？不要緊，我放下飯壺就走。」她說完便想離開。

我鍥而不捨，緊隨着她邊走邊聊，她終於肯告訴我她和寫信先生的故事。

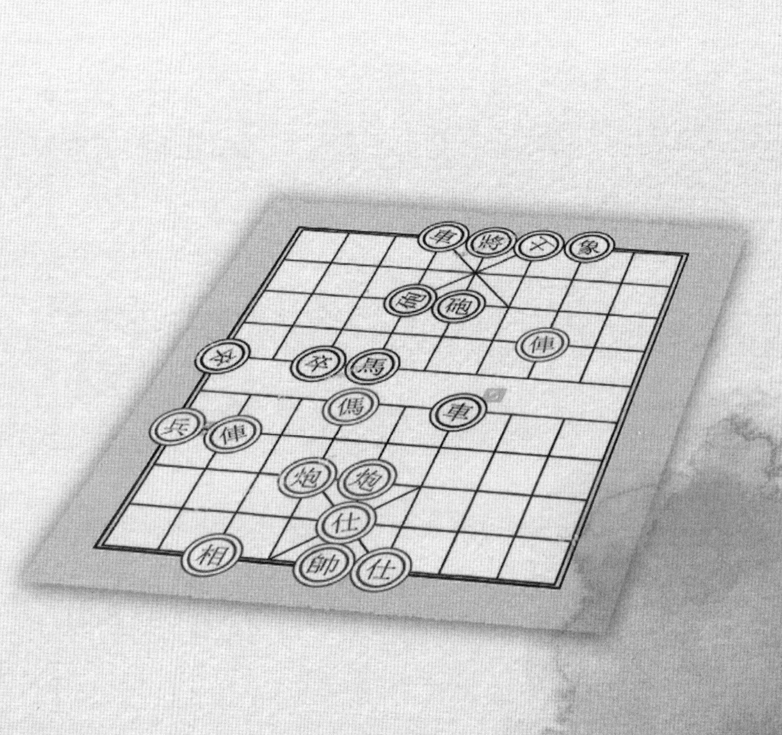

車 將 士 象
砲 砲
俥
卒 卒 馬
傌 車
兵 俥
炮 炮
仕
相 帥 仕

今天他帶了一盒很大的象棋來公園，一顆棋子像一個茶杯杯口那麼大，他拿着棋子，笑呵呵說是身在美國的兒子託人帶給他的。平常早上玉器市場寫信檔的客人很少，他都會到附近這公園找人下棋。

其實我知道，是因為他的眼睛不好，兒子才特地為他買來這種棋子。自從十年前他患上了糖尿病，他的眼睛已愈來愈不好，只是他自己不肯承認而已。

其他阿伯也似乎對他的棋子有點興趣，都圍攏過來開始棋局。他掏出一個十元硬幣來，我知道他們習慣了是十元賭一局棋的。

不出個半小時，已看見他掏了幾次錢，之後還掏了一張一百元出來，由二十多歲到現在，他的棋藝似乎沒多大進步過。

後來，也許因為他累了，坐在旁邊長凳上閉目養神，他的位子由另外的阿伯補上。

我的太極劍練完了，和幾個老太太閒談起來，談了幾句，我再向他的方向看去，他還在打盹，但身旁的阿伯卻不見了，連他帶來的象棋也不見了。

良久，他張開眼睛，身旁的人不見了，他開始搜索自己帶來的棋子，找了幾張石桌也找不到，他的神情變得落寞，無奈地擺擺手，就悄悄離開了小公園。

早知道他老來會寂寞，妻子早逝，兒女移民美國，剩下他一個人，他的朋友不多，現在，連跟他下棋的人也愈來愈少了。

四十年前，他第一趟教我下象棋的時候，我竟贏了他，他辯說只是讓我，然後閉上眼睛説累了，不玩了。説着他把頭枕在我的大腿上，竟真的睡了。

我撥弄着他的頭髮，仔細端詳他的樣貌，平日在他柔情的目光下，目眩了，心搖神蕩，從來沒看清他的樣貌。這一刻，看清他，他的鼻骨有點歪，他説是小時跟夥伴打架時撞傷的：他的人中很短，還有，下巴也短，甚至可説沒有明確的下巴，然後往下就是頸了。

以他的長臉形來看，他的下巴該是尖長的，誰知一張臉畫下去，竟在嘴下面急促收筆，下巴只佔短短一吋多，然後就是頸了。我記起看到的許多雜誌裏的掌相專欄說：下巴長得不好、長得短的人，會福薄，晚年運不好，或者會晚年孤獨，孤單終老。

看着他熟睡的模樣，我愈看愈心痛，不是迷信，而是當一個女人愈愛一個人，她會有愈多無謂的擔心，擔心他病、擔心他死，擔心他不快樂。

那時我安慰自己——他不會老來孤單的，因為我會一直陪着他，就算不能為他生許多兒女，令他子孫繞膝，我自己也一定會陪伴着他，無論富貴貧賤、無論疾病困苦。

怔怔看着他，我默禱上天給我長一點的壽命，令我可以伴他終老。

可是，後來卻是我主動離開了他，因為他的年少不羈，因為他身邊出現過另一個女孩子，雖然他向我道歉，雖然他流着淚說只跟她約會過一兩次，只是貪玩，心裏一直只向着我，但我對他沒信心，也對自己沒信心。最終，我還是狠下心離開了他，嫁了給一個能令我有信心的男人。

想不到幾年之後，我們會在駿發花園這屋苑重遇，因為我和他都搬進了油麻地區，重遇的時候，他身邊已有了一個她，我也跟我的他牽着手。

他的面貌，除了成熟了點之外，沒有多大改變，那下巴還是短短的，我連忙看看他身邊的她，她是個有福氣的女人嗎？她是旺夫益子的嗎？她的好運能夠補救他的欠缺嗎？雖有包容的心，但殘餘的點點嫉妒令我沒能仔細看她。

此後，我們常在附近的公園、街市遇上，他的身邊，除了妻子，逐漸多了手抱着的孩子、初學走路亂跑亂撞的孩子、穿了校服的孩子。

許多次，我拉着兩個孩子趕上學，會遇上他剛接兒子，在匆忙的一瞥裏面，我知道大家都想起，只差那麼一點點緣分，我們會有共同的兒女，今天我們會手牽着手，一起送我們的兒女上學。

往後的年月，我們身邊的兒女都長大了，在街上遇上時，只會閒談問哪個讀書、哪個明年該上大學了……

十二年前的某一天，在附近的路上遇上一身白衣的他和孩子們，他告訴我他的妻子昨夜心臟病發，去世了。那時他才剛五十歲，往後的日子怎過？他說：「兒女都大了，已經不用擔心，我一個男人怕什麼！」

怕寂寞，我知道他怕寂寞。看見他轉身離去的落寞身影，我趕忙上前再看清他的臉，他的下巴……還是沒變，他會不會因下巴短福薄、老來寂寞？

真的應驗了嗎？我所擔心的真的會成真嗎？

那陣子，為了安慰他，我常到他家探望，看看有什麼可以幫忙的，但街坊鄰里之間馬上起了閒言閒語。

女兒對我說：「媽媽，你要記得你還有丈夫，還有子女啊！就算你們真的光明正大，但閒言閒語總會對爸和我們造成傷害！」

那一趟，我明白到，原來一天有丈夫、子女在身邊，一天女人不能忠於自己的感情。

後來，我的丈夫也過世了，我們也已經年過六十，但每次跟女兒一起遇上他，我也感覺到女兒在以戒備的眼神看着我們。

他的兒子、孫兒都移民外國去了，也許因為他脾氣怪、難相處，孩子都不願接他過去，剩下他一個人孤伶伶地留在公共屋邨的小房間裏面。

他生活孤單，猶幸還能回到經營了數十年的寫信檔坐坐打發時間，我呢？我卻連一刻空閒時間也沒有，女兒生的三個女兒，都交了給我照顧，有時候我覺得自己得到的待遇，比外傭還差。

惟有早上女兒上了班、外孫女上了學的時候，我才比較空閒，我才可以在這小公園裏，假裝練太極劍，假裝和阿婆閒聊，其實每天在偷看他，其實眼睛沒一刻離開過他。

他老了許多，但滿頭的白髮下面，仍是一臉傻憨，率直的他常是其他阿伯的欺負對象。

他的下巴還是那麼短，那是否注定他真的要孤獨終老？

我沒法忘記女兒的話和凌厲的眼神，但為了改變他的命運，我決定在玩太極劍的女士之中，為他物色老來相伴的對象。

其中一個女子，終身未嫁，為人也隨和，和她聊過幾次，知道她不抗拒老來找個伴兒，我決定今天好好跟她談談。

我拉她坐在公園長凳上，向她數說他的種種優點，又向她憶述他年青時的傻勁傻事，她聽得直笑，看得出她有點意思。

正說着，看見與他同在玉器市場開寫信檔的李伯經過，我拉李伯坐下來，跟她說：「李伯跟他很談得來，我要先向李伯打聽打聽。」

我向李伯說出有意撮合的意思，李伯抓抓頭，說：「但勝叔有一個牽掛了四十年的舊情人，聽說也是住在這一區的。為了她，兒子要他一起移民，他也不肯去，寧願一個人留在這裏。他說早在十年八年前，他聽說那女的丈夫對她不好，令他一直放心不下。後來女的丈夫死了，他又因她女兒把她當女傭使喚，很為她抱不平。他說直到死的那天，也要守在她身邊，說只要還能看到她，自己就不會感到寂寞。」

我聽了李伯的話，眼裏早已盈滿了淚水，抬頭向他那邊看去，他也正向這邊看來，四目交投，雖已老眼昏花，但四十年前那段快樂的時光，彷彿都在此刻眼前重現。

編採札記：三位見證歷史的市民秘書

① 徐麟堂

今年94高齡的徐伯每天就在這裏開檔，「喜臨門中英文服務社」是他的檔口，招牌「喜臨門」以毛筆人手寫上，招牌下寫上自己全名，「以前樂聲牌電器有一個廣告，其中背後插住4支旗寫着蒸煮炆焗的，作粵劇武生打扮的人就是我！」徐伯沉緬於當年風光事蹟。

「小時候日本仔打到來，時局混亂，沒機會讀書，是到後來做大戲時抄曲才識字的。在我出生的年代，普羅大眾的生活大都很清貧，看大戲是高消費娛樂，由於我的外公和阿姨都是做戲的，所以有時可以『拉衫尾』在後台看戲。看到大老倌個個穿上閃閃生輝的戲服出台演出，好不威風，心生羨慕，令我在不知不覺中喜歡上粵劇。當時沒有所謂9年免費教育，失學兒童比比皆是，我家的經濟環境亦捉襟見肘。適逢鄧肖蘭芳開辦的劇院，需要一個學徒填補空缺，家人知我喜歡看戲和做戲，就在我13、4歲時把我賣身做學徒，正式拜師學藝，踏足梨園，由是醉心於粵劇藝術。」

徐伯的開山師父是著名反串男花旦鄧肖蘭芳，於三、四十年代在九龍砵蘭街的油麻地戲院附近一幢唐樓裏開辦「蘭芳劇院」，每月學費港幣100元（當時一個洋行文員月薪亦只有港幣30元），因此來上課的學生都非富則貴。此外，師父亦有以學徒制收生，只需簽下一紙「賣身契」，就可以留在劇院裏包食包住兼學藝，而徐伯當時就是其中的一個學徒。

他尊師重道，努力不懈勤練功架，擅演北派，唱做俱佳，深獲師父器重。及後更得到著名粵劇宗師羅品超賞識，收為入室弟子，得傳文武兼備的精湛技藝，行內人都稱呼他為「新羅品超」。

徐伯與新檔攤合影

徐伯雖然做了大半生「鳥信佬」，但最愛的仍是粵劇，從粵劇大老倌、電視劇跑龍套，到在電影中任小嘍囉，他都樂此不疲。

徐伯雖曾是粵劇大老倌，但只是表面風光，實則收入不定，所以在婚後決定找一份有穩定收入的工作，因緣際會，由一名曾在律師樓任職的師爺帶入行，得以有穩定收入，養活一家六口。

「那個年代學戲的除了天分還要有家底，置裝置行頭，全部都要用錢。我雖然薄有名氣但收入不穩定，所以成家立室後便萌生退意。自己入行前唱戲，讀書少，多得人稱『英文黃』的律師帶我入行，他是我的恩人，我始終不忘師父的知遇之恩。師父鍾意聽粵曲，有一次我做神功戲，他入後台給我一張卡片自我介紹，由此大家成了朋友。他又問起我的生活狀況，提議我不如做他的助手，他做師父教我。師父是華仁書院的高材生，曾經做過律師，處理英文文件、法律問題都得心應手。很多客人感激師父幫忙，會帶備禮物、紅包，專誠到檔口道謝！」

徐伯學師時由學寫合約做跑腿開始，輔助師父為客人解決不少法律問題，更曾替人代筆登報尋親，由於他自己讀書不多，英文底子也不好，唯有硬着頭皮努力學習，由朝到晚看文件、刨報紙。到後來他自立門戶，由於處理不到艱澀的法律事務，徐伯轉型替人做相對淺易的工作證明、薪金證明以及報稅等業務。

入行初期，徐伯也曾受人白眼，「做這一行怎麼說也是『踎街邊』，有心理關口需要突破。始終我在粵劇行內薄有名氣，淪落到在街邊擺檔，會覺得羞家，身心都十分痛苦。不過你見到咁多叻人、猛人同你一齊坐在檔口謀生，就不會覺得特別委屈，也沒甚麼好埋怨的。為了生活，我知道一定要靠自己，不可以怨天。」

如今「寫信佬」及「市民秘書」這行業已經式微，但徐伯仍堅持每天來開檔打發時間。

樂觀豁達的徐伯常說：「所有事都係上天安排，每人有不同命水，問點解也沒用。」徐伯有4名子女，其中一個兒子是港產華裔動作導演，曾參與拍攝荷李活電影制作。徐伯說：「養大了子女我就安樂，我有4個子女，只有他一個算是能承繼我的衣缽，不過他當然比我成功很多。」

喜臨門鋪面

② 陳球

徐伯是這樣介紹他的同行球伯的：「咽邊咽個成日赤膊的陳球，是從越南來香港的，識四國語言，又搏又勤力」。

書信攤「梁老易」主要提供寫信、報稅的服務，在「梁老易」這個手寫招牌下，在兩三平方米的攤位的中間是檔主球伯的辦公桌，一部老式打字機佔了檔口三分之二的空間。每天早上，球伯從紅磡黃埔的家出發，早上10點到檔口，大約下午6點下班。

球伯說：「我們寫信的都是文人，而且位位都非等閒之輩，而且都是盡力為大眾市民服務，所以行內有些人很不喜歡『寫信佬』這稱呼，稱呼我們為『市民秘書』更合適。」

球叔是越南華僑，一家本在越南的西貢（今胡志明市）居住，家境小康。由於父親認為在越南生活，理應學會越南語，而越南曾是法國殖民地，法文仍有一定影響力，所以在學校也有修讀法文和越南文，由是他精通中、英、法和越南四種語言。

他年輕時在哥倫比亞影業的越南分公司當會計主任，至 1972 年越南內戰，政府會在街上抓人當兵。陳球在軍隊中當翻譯員，意識到時局紛亂，預計戰爭殘酷結局，於是毅然偷渡至香港。在軍中每次抓到北越軍人審問，對方的態度都很堅決，誓要攻陷越南，還說：『你今天不殺我，明日我一定殺你。』他因此覺得越南沒可能勝利，開始有離開念頭，在 1973 年他偷渡來港，妻子比他早來港，但其他家人卻留在越南。據統計，越戰前後約有 100 萬人逃離越南。

來到香港學歷不被承認，他只好在尖沙咀一家酒吧當調酒師，後經人介紹來到油麻地玉器市場裏的書信攤「梁老易」當助手。「我當時白天在酒吧上班，下班後就到書信攤工作。」1979 年，球伯正式接管「梁老易」。他說：「以前我當會計主任，來到香港學歷不被承認，代客報稅這行業可說是做回我的老本行。」

來找球叔寫信的大多是背井離鄉的人，有的來自內地，有的來自東南亞。有些客人隻身在香港打拚，一說到自己的辛酸史便淚流滿面，令他不禁回想昔日和家人分隔兩地的心酸。越南失陷後，他曾收到父親寄來的家書，提到他們把舊貨幣換成新貨幣，在國家銀行前大排長龍，政府又下令嚴格限制每人每月提款額，生活艱難。那時的家書，寫的和讀的也是一字一淚。也有不少由內地偷渡到香港的年青人，在香港工作艱苦，拼命賺錢寄回家鄉，在家書中卻只說生活美好一面，盼望早日衣錦還鄉和家人團聚，反映出那一代香港人頑強拼搏而又感念家鄉的情懷。

　　球伯說客人一般會在信上簡單問候親人，只報喜不報憂，家書的內容往往都是簡單的囑咐及慰問、交代匯款金額等，而他都是順着客人的意思書寫，從不加鹽加醋。當時他每天大清早就開始為客人寫信，到晚上才收工，有時客人還要排隊等候。好景時，球叔每月收入可達數萬元。

　　七十年代時長途電話費昂貴，很多客人依舊會找球伯代寫書信，有中文信，也有英文信，往往客人簡單幾句的描述，他已能明白箇中底蘊。一些熟客一光顧便是十多、二十年，亦視他為朋友，一邊寫信一邊分享家事變化，他也是耐心的細聽而從不追問客人的家事，行家之間他們也絕口不提客人報稅及書信內容，因為要尊重客人的私隱。

踏入八十年代，隨着九年免費教育的推行，香港教育開始普及，通訊設備普及，已很少人請他們寫家書，為客人報稅才是他們的主要收入來源。八十年代起，香港經濟繁榮，當時有很多中小企開業，「寫信佬」成功轉型，轉以報稅為主。「很多知識水平低的小業主不想花錢請秘書，寧願找我們幫忙，此外，總會有怕麻煩的市民要求我們代為報稅。我們一般會幫小巴、的士、貨車司機和小商家報稅，每次收費約700至1000元，比會計師便宜好幾倍。」九七回歸後，中港兩地交易頻繁，中港貿易大大增加，球叔的的客人也多了一些從事中港貿易、基建建築材料，而報稅的金額也愈來愈大。

隨着九七回歸後，中、英文均列為法定語言，所有政府公函及大機構的文件均具中英文版本，因此找球叔閱讀及回覆英文書信的人又大大減少。他歎氣道：「生意比以前差，這與中文合法化有莫大的關係。現在大部分政府信件都可用中文書寫，市民對我們的需求大大減少。回歸後，我們損失了約三分之一的生意。」而報稅的旺季只限於每年的四月至六月，所以全年的平均月入只有萬多元，和牌主、拍檔平分後，便所餘無幾了。

球伯有一子一女，都已長大成家，他自己的聽力開始衰退，腿腳也不再靈便，但依然堅持每天上班，樂得回到老地方和客人聊天。他說：「只要身體狀況允許，我會一直守着這個攤位。」

梁老易專一報稅

油麻地玉器市場A區 11 號檔
（甘肅街及廣東道交界）

③ 杜安

徐伯的「喜臨門中英文服務社」是和拍檔杜安一同看檔的，工作多已交由較年輕的杜安負責。

杜安對坊間俗稱他們為「寫信佬」感到有點侮辱，因為他們都是知書識禮一輩。擁有中五學歷的他，爸爸是英文老師，他自幼跟隨爸爸學英文，以他的年紀在當時已算是高學歷一族。中五畢業後，他曾在九龍倉碼頭做運貨管工。1967 年，貨櫃船出現用不着管工，他 28 歲才由父親帶入行，一做便是四十多年，那是因為這一行夠自由，無壓力，人事不複雜，又不用看人面色。40 多年以來，他為客人寫信也有過不少趣事，最奇怪的一次是，有一個客人說他發明了一張可以醫治癌症的中藥配方，叫他寫信寄給美國政府。

他表示，一般而言，客人說什麼他就寫什麼，不用寫到文縐縐，但為了令客人滿意，他要構思到有八成把握才會下筆。他又提到為客人寫投訴信要特別小心，要分清是非黑白，才不會好心做壞事。

他說寫信佬通常會寫中英文公函和報稅等，入行40年就連代寫家書也很少；至於寫情書，就會交給「女將」，五、六十年代時在油麻地玉石市場的40餘檔寫信檔中，有一半都是專寫情信的「寫信婆」。他說：「想當年，檔口旁寫情信的女將好有名，她們都是退休教師、校長，文化水平比我們這些寫信佬高。她們的人生閱歷豐富，寫的情信才會細膩動人，所以通常有想寫情信的客人，我們都會轉介給她們。」

不喜歡代人寫情信的他卻分享了自己寫情信的有趣經歷。那些年年輕男女之間流行交筆友，杜安嫌當時懷舊金曲歌詞老土，就參考喜歡的西方流行曲歌詞，如貓王、Beatles的歌詞，翻譯成中文寫出浪漫情書。女方仰慕他的學養，收信後就約出來見面，而當年交筆友就如同現在網上交友，見面才見真章。有些女子會約他去尖沙咀的半島酒店喝咖啡，盛惠天價20元一杯，當時他替人寫信寫滿一張A4紙，都只賺到10元而已，於是，當然立刻斬纜斷交。他自言曾經是情場浪子，到35歲才找到真愛。

他感慨現代人普遍文化水平較差，那是因為少看書，又多用網上看到的字眼書寫的緣故。從前他以中英對照記下的名人金句，寫滿厚厚的一本筆記簿，方便寫信時順手拈來，引經據典拋書包。他還說寫情信其實不用求人，只要參考愛情小說的情節、用語，信中可稱讚女方珠圓肉潤、婀娜多姿，是心中的女神，就多能博得對方好印象。

杜安現在接替拍檔徐伯經營寫信檔，每天生意不多，主要為客人寫投訴信、申請公屋調遷，以及為申請特區護照的客人填表格等，亦偶有年輕人找他修改求職信，每封信大概收一百幾十元，他坦言現在開檔只是消磨時間而已。

五、那些年下過的七場雨及其他

在甘肅街舊玉器市場搬遷的前兩天，我遇上前來憑弔的各式人等，其中，有來幫忙老朋友執拾檔口舊物的燈飾老師傅、有來撿拾珍貴舊招牌的年青建築師，還有來尋找靈感寫故事最後一章的作家。跟他們閒談之後，讓我寫下了一個又一個香港故事，而第三個故事，則是作家的自述。

故事一　霓虹光盡時

維多利亞港兩岸的夜景，是香港最著名的景點，每年的聖誕燈飾展示，更是香港人一家大小或者年青人必定欣賞的節目。被譽為「燈飾大王」的黃先生，每年維港兩旁璀璨的聖誕燈飾，出現在永安廣場、九龍香格里拉、尖沙咀中心、帝國中心、中信泰富大廈、和記大廈等地標性商業大廈的幕牆外，都是由他設計和監督下造成的。

六十多歲的黃先生從事燈飾設計行業的歷史已有四十年。他在十多歲時便成為電器店的學徒，學習電器維修，維修電飯煲、電風扇、電烤爐等等。他在二十歲前已開了一間只有百多呎的小店，專門維修及安裝家庭電器。

後來有在香港尖沙咀東部做燈飾的師傅帶他入行。當時尖東一帶還是黃泥地，建商建了大樓卻無人入住，舖位十萬、八萬便可買到一個，整個區夜晚是黑沉沉的。有建商提議加添一些燈飾吸引人來這邊逛逛，便找他去施工。當時做燈飾行內俗稱「擺伙」，他曾跟中環的

「擺伙」師傅學過，便自己摸索去做。

不說不知，那時的燈膽是透明的，要自己染成彩色。燈飾用的是 B22 的釘頭燈泡，後來變成 E27 的螺絲頭燈泡。釘頭燈泡不能牢固地固定在燈頭上，掉下來容易造成行人受傷，而改用 E27 的螺絲頭燈泡便不會掉下來。初時在大廈玻璃幕牆外做燈飾，要離開玻璃做，用燈飾圍住那座大廈，做成波浪形，那是草創的階段。他記得有一次發生了小意外，竟成為改良技術的契機。那一次，他在天台頂放燈下來時，燈撞到玻璃幕牆，但只是燈膽破了。他發現玻璃幕牆很厚，不易撞破，他便靈機一動，思考怎樣緊貼玻璃幕牆做燈飾。後來終於想到這方法——是吊兩條「威也」，然後要扯直「威也」，更要綁緊鎖死，才能令燈泡一個個向着前面。

在取得初步成功之後，他努力在燈飾行業發展。在業務初開始時，主要是做方形、圓形、三角形圖案的燈飾，之後又發揮創意，設計了較複雜的天使吹喇叭的圖案和祝賀節日的字體，後來更造出複雜的鹿車燈飾。鹿車燈飾有約二十呎高，將設計圖畫成一格格，以比例的方式，將大廈玻璃外牆的方格放大，就好像從前戲院外面的電影宣傳廣告畫施工的方法，也是分成一格一格拼成的。

說到從事這工作經歷過那些高峰期，他舉出如初期在尖東做只有輪廓的燈飾，開始時只有五至十萬人欣賞；之後做聖誕老人燈飾，就有八十至一百萬人觀看。後來做皇后像廣場噴水池上的一百四十八呎聖誕樹的燈飾，只花十四日去做，超凡的效率曾被行內人譽為奇蹟。這一百四十八呎高的聖誕樹燈飾下樁要很穩固才行，他忽發奇想，運用了雷峰塔的建造原理，底層用了幾塊五噸一塊的石躉，讓聖誕樹分八層一層一層疊上去，還運用了兩部發電機發電。這在當時被譽為美麗絕倫的燈飾，吸引了近二百萬人欣賞。

問他哪一項是他認為最得意的傑作，他沒多想便說是九七年香港回歸時，他的公司為夏慤大廈及愛美高大廈製作用上八萬顆燈膽砌成的海豚燈飾。巨型燈飾橫跨灣仔夏慤大廈與愛美高大廈，更是首次用舞台燈光系統控制的燈飾，是當年燈飾製作的一大突破。這幅回歸燈飾以香港半島為背景，他運用舞台燈光及電腦技術令到海豚圖案有跳躍效果，設計出六隻海豚，每隻以 0.2 秒的差距做出水面跳躍的動作，表現栩栩如生，活靈活現。他更加入煙花綻放的圖案，模仿煙火在夜空中閃爍的情況，以突出節慶的氣氛。這燈飾的用電量相等於整座大廈的供電量，他自豪地説全世界應該沒有人試過用這麼多電去做一幅燈飾。

近年由於疫情的影響，他的生意下跌了二至三成，但他仍默默耕耘，鋭意經營，認為只要能夠做出好的創作，香港人一定會欣賞。當年漂亮的燈飾曾帶動尖沙咀東部的人流，一家大小扶老携幼為璀璨奪目的燈飾歡呼喝采的情景，如今仍然常在他腦海中浮現，令他感到欣慰和自豪。

香港受西方文化的影響，慶祝聖誕是幾代香港人的重要活動。在六十年代，港島區中環的滙豐銀行總行大廈已有佈置聖誕燈飾，八十年代九龍區尖沙咀東部海旁新商業區落成，尖沙咀新世界中心經常掛上巨型直幡廣告。一九八三年，尖東商廈首次舉辦「金光璀璨耀尖東」活動，多幢大廈掛上巨型聖誕燈飾，至今已舉辦逾四十年。隨着時代變遷，昔日燈飾上的鎢絲燈泡，已經進化成 LED 燈泡，近年更變成巨型多媒體幕牆，然而，市民在聖誕節到尖沙咀東部欣賞維港兩岸燈飾的興致仍然不變。

故事二　還香港以熟悉的街景

香港政府在二零一零年實施「小型工程監管制度」，規定店舖的招牌不可伸出超過 4.2 米，離地不能少於 3.5 米。由於大部分招牌均於二零一零年前出現，不符合此條例，雖然招牌擁有人可委托工程師或承辦商申請，經核准後保留，但由於往往需要花費數萬港元，令不少小店店主寧願放棄舊招牌。這條本來不大執行的條例，卻於近年雷厲風行地執行，大小店主陸續收到清拆信，數以千計象徵着香港民眾回憶的招牌成了僭建物，離不開被拆卸的命運。

幸而有兩位年青建築師致力透過保育被清拆的招牌，推廣招牌文化的傳承。Ken 和 Kevin 是大學同學，在同一間建築公司工作。四年前他們看到一個已拆下的當舖「押」字招牌，不想招牌被棄掉，便合力把招牌保留下來。

為了保留被拆下來的招牌，他倆成立「街招」這平台，以喚起更多人關注招牌的保育。「街招」的含義是「招牌街景」，標誌的「招」字上的交叉，隱含着招牌被拆下、消失的意思。取名「街招」主要是想與公眾分享街景中的招牌，分享每個招牌的故事。

有些人對大招牌的印象，就是在颱風中容易墮下傷人，但招牌不一定是違規的僭建物會產生危險，招牌可以是深具意義的文化遺產。

Ken 指出香港的建築物的設計，多是由建築師按發展商、地產商、大業主的想法去設計，公眾不可以參與其中。而招牌卻是可以自發、自主設計的行為，開鋪的人可以掛出招牌，就是在香港這些大街小巷中、不同於世界其他城市、別具特色的招牌，形成了香港這城市的獨有街景。

招牌更具地標性，組成了獨特街景，令人牢牢記住。人們會因為招牌而記得一條街，是比建築物更突出的地標，看到這些別具特色的招牌，就會知道這是香港，不是其他城市、其他地方。

招牌與小店關係密切，是小店的象徵，設計隨店主喜好，多是由招牌師傅打造，是庶民化的產物。不少經營了數十年的店鋪招牌，對許多街坊而言是一個熟悉的地標，招牌被拆卸，令小區的街坊感到惋惜，甚至令他們再認不出這裏了。一個招牌對一個地方和住在附近的人十分重要，蘊藏着香港人揮之不去的深情記憶。

二人在設立社交媒體專頁後，有人會主動告訴他們哪裏有招牌將要被拆。亦有一些有店主會在收到拆卸通知後，聯絡他們商討怎樣保留招牌。於他倆眼中，不論霓虹、亞加力膠、石屎水泥、鋅鐵或木材造的招牌，都有保育的價值，無論是水磨石招牌、手寫招牌、木造招牌、石雕招牌都是值得珍惜的的民間工藝。他們至今保留了來自一百二十家店鋪的二百個招牌，有餐廳、荳品廠、咖啡室、當舖大押等，每個都會記錄下製作材料，建立年份、清拆原因、收集日期等資料。

招牌中烙印着店主與客人之間的的故事，令二人印像深刻的，是一間小店因捱不過疫情而結業，但店主對店舖有着深厚感情，對那塊小招牌有深深的不捨。保留這個招牌，是以行動表達對這種感情的欣賞與尊重。另外，有一間食肆的店主無奈停業，二人建議暫時代他保管招牌，不作其他用途，待他日店舖重開時歸還。店主聽了，含淚決定讓他們把招牌拆下來保留。

在當前法例下，被保留下來的招牌難以重見天日，然而他們仍執著地期盼有朝一日，可以還香港人一個有各式獨特招牌的熟悉街景。

香港的霓虹燈招牌的街道景觀，源於商舖別具匠心的設計，從前香港政府沒有刻意規管，令商戶可以任意發揮。經濟起飛年代時香港被冠以「東方之珠」的稱號，霓虹燈招牌這種亂中有序的景觀，成為香港特有的都市景色。香港七十至八十年代的霓虹燈訂單幾乎做不完，但是現在製作霓虹燈已成式微行業。香港著名的霓虹招牌在過去一段時間被清拆得特別快（單在二零一八年，在佐敦白嘉士街，屋宇署共發現至少二百四十六個違例招牌，並發出九十五張清拆令），老字號冠南華、蓮香、大同老餅家、合興火鍋、德昌魚蛋粉、東方錶行、金御海鮮酒家、大新珠寶金行、名都時鐘酒店等具有地標性的霓虹招牌都已被拆掉了。

故事三　那些年下過的七場雨

懷緬起這個故事的緣起，是我今天去姑母的家探望她。姑母家住九龍的旺角，她家的窗外可以看到砵蘭街。這裏從前令人眩目的霓虹光管招牌，現在都被拆卸得七七八八了，這裏已不是我回憶中的地方。回憶中的故事，只可在我和姑母的閒談中重現。

之後，我和她在旺角、油麻地一帶閒逛，經過油麻地玉器市場，姑母說要找裏面寫信檔的一位寫信先生敍舊，她說從前常到這裏找他幫忙寫信。當時我的心裏就起了疑問，姑母雖然不識字，但我和幾個姐姐都在學校唸書，一向慳儉的她為什麼不找我們代她寫信，卻花錢找寫信先生幫忙？在往後的一天下午，懷着好奇心的我跑到寫信檔，詢問那位寫信先生，姑母找他寫信給誰？內容是什麼？老先生說那是客人的私隱，他不方便透露。但在我的旁敲側擊之下，他有一句沒一句的跟我聊起來，令我對當年發生的事有了點眉目。令人更意料不到的，是我震驚地發現姑母和媽媽竟找過同一位寫信先生寫信給同一個人！

這個故事有兩個女主角，分別是我的姑母宋月明和我的母親鍾之芳，有四個小女配角，是我的三個姐姐和我。還有兩個男主角，我對他們都認識不多，一個是在我剛出生時已經去世的爸爸，另一個是我稱他為秦叔叔的人。雖然我對這兩位男主角也認識不深，但是，他們都是這個故事的關鍵人物。

由於這個故事中幾段重要情節發生的場景都是在下雨天或是狂風暴雨的日子，所以我將這故事命名為《那些年下過的七場雨》，而後面都是以這七個下雨的場景作為敘事背景。

母親在四十歲時死於肺癌，起初我們向她隱瞞病情，騙她只是肺癆。她滿懷希望地下決心戒煙，以為就可以回復健康。到她知道自己患的是肺癌的時候，她說了好幾次：「我不甘心，我不甘心。為什麼我勞碌了一輩子，到女兒都可以出來工作時，我卻要死？我不甘心！」

母親的死，證實了許多人說她耳後見腮、是薄命相的說法。

母親住院時，姑母沒多去探望她，卻是常煲了湯和粥讓我們帶去。母親死後，姑母說過好幾次：「秀敏，你們的母親真是福薄，沒能享受過一時半刻的清福就死了，勞碌一世，真是不值得……」

姑母前半生一直擔憂自己老來無依，她也許從沒想到，命薄的母親會將兒孫福留給她下半生來享。

姑母現在已八十多歲，她已退休十多年。閒來去老人中心參加活動，或者去做義工助人，生活總算充實。現在她已沒有從前那麼愛埋怨了，然而，茶餘飯後、閒話家常，她最常談到的還是她唯一的弟弟——我的爸爸。

姑母告訴我她和爸爸兩姐弟成長於珠江畔，長大後於江畔謀生，隨着年少守寡的祖母，靠着一條小船，以接載官民往返珠江兩岸討生活。

「你外公的船，就泊在我們的船旁邊。」姑母說得淡然。

「原來你們是鄰居！是你們的生意好還是母親那邊

的生意好？」

「當然是你母親那邊，你母親人長得漂亮，又善於逢迎觀色，只有在他們客人太多應接不暇時，才會讓一兩個客人給我們。」姑母的話聽得出有點醋酸味。

「那年青時是姑母還是母親長得漂亮？」我總愛問不合宜的問題。

「當然是你母親漂亮，我沒她那麼懂打扮，而且，我們是正經人家。那時，多少年輕軍官、少壯商人都上過你母親的船。」聽得出話中有話、意在言外。

「那麼父親呢？他跟母親自小就感情很好嗎？」我轉移話題。

「他一有空總愛往那邊鑽，我不讓他去，他只是痴心妄想而已，你母親怎會看得上他？」

姑母告訴我，父親跟母親重遇，是在五、六十年代的香港。那一年，父親二十歲，是個洋服店店員，母親十八歲。姑母説：「他們重遇時，你母親已經挺着一個大肚子。」

「你父親當時已經有了要好的女朋友，是個身家清白的好女子，實在弄不明白你父親怎會放棄這麼好的女子，倒要了一個肚裏懷着來歷不明的孩子的女子！當時你父親説，是因為覺得她太可憐，她和孩子也需要人照顧。」

據姑母説，父親死於喉癌的時候，她哭得比母親傷心好幾倍。爸爸死後，姑母拿出自己的積蓄，買了一間蓋在樓頂的違建木屋，那就是我和姐姐成長的地方。姑母始終認為母親沒有將父親死後她收到的帛金拿出來用，私下留下了不少。

我又問她：「從前媽媽工作的茶樓還在嗎？」

「應該不在了，已經遷拆了吧！」她説。

「那麼你工作的酒店呢？」

聽着我的話，姑母的思緒彷彿飄到很遠很遠……

「那個秦叔叔呢？你還記得嗎？當時他就住在你工作的那間酒店。」

她搖搖頭，擺擺手，沒回應。

「你和媽媽也認識那個秦叔叔，你怎會記不起來呢！」

她閉目假寐，裝作沒聽見。

第一場雨

朗豪坊是香港的旺角區的地標，朗豪坊位於的砵蘭街，從前可說是煙花之地，然而，這條飯店、酒樓林立的砵蘭街，在當時為不少低下階層的貧苦大眾提供了就業機會，媽媽在近山東街一邊砵蘭街上的龍鳳酒樓做知客，而姑母就在馬路對面的第一酒店做管房女工。

秦偉誠初下榻砵蘭街的第一酒店時，是早春三月。父母早逝、早年已飄洋過海做船員謀生的他，在香港的親人只有叔父、叔母，但住在他們家裏不方便，每次回來，他都住在這間旺中帶靜、價錢又不貴的小酒店裏。

下午時分，酒店的櫃檯沒有人，他在木櫃檯上敲了兩下，又喊了幾聲，才有人出來招呼。

出來的是個女的，約莫三十歲，蓄着短髮，兩鬢的頭髮梳到耳後，頭髮上了點髮油，爽亮光潔的樣子。她穿了白色的工作服，胸前印了「第一酒店」四個紅字。

「先生，要房間嗎？」她笑意盈盈的上前招呼。

「是的，住兩星期。」

「我為你安排一間靠裏面較清靜的房間好嗎？」

「我喜歡向砵蘭街的，夜裏無聊的時候可以看看霓虹光管招牌。」

宋月明看眼前這個穿了藍色碎花夏威夷恤的男人，約莫三十多歲模樣，皮膚雖然有點黑，卻掩蓋不住俊朗的輪廓。

「先生是南洋那邊回來的吧？」她問。

「你怎麼知道的？」秦偉誠有點吃驚。

「本地的男人怎會喜歡看砵蘭街的霓虹光管？許多人會嫌它刺眼、太亮，夜裏影響睡眠。」

「我不怕。」

「那好吧，三〇五的房間就面向砵蘭街，我先去執拾一下。」

三〇五號房間就在走廊的盡頭、後樓梯旁。她按亮房間的燈，檢查了一下，就讓秦偉誠進去安頓行李。

秦偉誠想拿一壺熱水，剛想叫住她，卻看見她趕緊往後樓梯走去，只好跟上去叫她。只見她將雪白的燕窩放進燉盅，然後放到鍋子裏去燉。

「這裏有燕窩供應的嗎？」秦偉誠在後面說，把宋月明嚇了一跳，她回過頭來說：

「讓先生見笑了，這燕窩是燉給我最小的姪女吃的，她年幼體弱，我下班回家沒時間燉，所以就拿回來燉，我現在馬上去替你拿熱水。」

秦偉誠說：「不用急！香港的燕窩便宜嗎？」

「便宜倒說不上，我們這些窮等人家，本來吃不起，只是我最小的姪女有哮喘病，有人說吃燕窩有減輕哮喘的功效，所以捨不得也給她買點來吃。」

「泰國那邊的燕窩倒便宜，連上等的血燕也不貴，下次我替你買點回來吧！」

「先生你常去泰國的嗎？」

「我是在越洋貨輪上當船員的，主要跑南洋線，一年總去幾次泰國、菲律賓，我常幫朋友在那邊買東西的。」

「那就先謝謝你，先生你貴姓大名？」

「我名叫秦偉誠。」

「秦先生，我叫宋月明，你叫我阿明便可以。」

這時，他們聽到淅淅瀝瀝的雨聲，從三〇五房間的玻璃窗看出去，外面正下着絲絲小雨。

「真不巧，下雨了，原本想出去逛逛的。」秦偉誠說。

「對啊，這雨真下得不合時！」宋月明說。

「不要緊，我就在砵蘭街隨便找間茶樓吃點東西好了。街上的商店都有簷篷，這點小雨不礙事的。」

秦偉誠步出了第一酒店，才發覺雨愈下愈大，只好冒雨跑到對面的龍鳳酒樓。

走進酒樓，一個穿上鮮黃色旗袍的女子迎上來，看上去約莫二十七、八歲，身形纖瘦，頭髮束成一個小髻。這個女子臉上卻有不屬於這個年紀的憔悴與蒼桑。秦偉誠想：這個女子的雙頰如果飽滿豐潤一點，臉上再掛上如花笑靨的話，該會多好看！

這位女侍應工作勤快，總是殷勤地給秦偉誠的茶壺加熱水；有捧着蝦餃、燒賣的點心叫賣員經過時，她會替他拿一兩籠蝦餃、燒賣，更隨即拿來盛着辣醬的小碟子。

秦偉誠沒忘向她道謝，並問起她的名字來。

「我叫鍾之芳，叫我阿芳好了。」她說。

「我叫秦偉誠。」他說。

「原來是秦先生，從前好像沒見過你來光顧。」

「我是在越洋貨輪上當船員的，三、四個月才回香港一趟。」

「這麼難得回來，就要多來光顧了，我為你介紹一些新推出的點心吧！你愛不愛吃甜點？廚房新推出一種甜腸粉，是加了黃糖造的腸粉，醮點牛奶來吃的。」

「聽你説得雅緻，就來一碟吧！」

之芳端上甜腸粉，秦偉誠覺得這晶瑩剔透的甜點賣相雅緻，津津有味地吃起來。

之芳邊為他加添牛奶邊説：「我的小女兒也很愛吃甜點，只是她有哮喘病，吃了甜的會咳嗽、氣喘。」

「是哮喘病嗎？因為香港空氣不好，所以許多小孩都有哮喘病吧？聽説南洋那邊出產一種鱷魚肉乾，用來煲湯可以治久咳的，下次我替你帶些回來吧！」

「那太感謝了，秦先生，你們越洋工作的見多識廣，真的幫上了大忙呢！」

第二場雨

三個月後，秦偉誠回到香港，他沒忘記為之芳買來鱷魚肉乾。當他把鱷魚肉乾拿到龍鳳酒樓給她時，她拿在手裏高興得不得了，彷彿女兒的病馬上就會好起來似的。

秦偉誠看在眼裏，感到這個女子看子女比自己或其他什麼人都重要。

晚上，他無聊起來就到電影院看齣電影，散場時已經十一時多了。

他從電影院出來，便漫步回酒店，天空卻又下起雨來，幸虧這陣子多雨，他外出時總不忘帶上雨傘。

在迷茫雨線中昏暗的街燈下，他看見迎面而來一個穿着又髒又破的膠雨衣、頭髮被風吹得凌亂的女人，她背着手急步走，手上還拿着幾個破膠袋。他想：真倒霉，狹路上遇上了一個瘋婦！

他正想低頭步過，卻發現這瘋婦有點兒眼熟，仔細一看，那不是鍾之芳嗎？

白天嬈俏可人的之芳，怎麼夜裏卻打扮成一個瘋婦模樣？

「你是阿芳吧？」秦偉誠叫住她。

之芳回過頭來，驚訝地：「秦先生，怎麼這麼湊巧你會在這裏？」

「我剛看完電影，正要回酒店。阿芳，你為什麼裝扮成這模樣？」

「說出來要讓你見笑了！我們在酒樓工作的，因為晚上常有筵席，有時要到十一時多才下班。這樣一個人走路回家，心裏會有點着慌，從前有好幾次，被喝醉酒的人調戲，要狼狽地跑回家，所以後來學乖了，裝扮成這樣子，就不會有人動歪念了。」

因為秦偉誠經常光顧龍鳳酒樓，每次都是之芳招待他，他跟之芳已有了點熟稔，此番聽了之芳的話，他對她起了憐憫之心。

「你的丈夫呢？他怎麼不來接你下班？」

「他……他在數年前病死了。」之芳説着，臉色不無黯然。

「你家有幾個孩子？」秦偉誠問。

「四個。」

「你這麼年輕，已有四個孩子？」他感到驚訝。

「大女兒是十八歲那年生下的，二十歲那年生了一對孖女，兩年後再生了最小的女兒，現在也四歲了。」

「這麼年輕守寡，又帶着四個孩子，一定十分辛苦了！今夜就讓我送你回家吧！」

「這怎麼好意思！」

就是這樣，秦偉誠撐着自己的大傘送之芳到她家樓下，邊走邊談。

之芳問：「秦先生今夜又在域多利戲院看完電影嗎？」

「對啊！這齣《郎如春日風》真值得看，改天我請你看！」

「我可真是許久沒有看電影了！」之芳呢喃，她想起自從丈夫患病開始，已沒上過電影院了。

「那就一言為定了，哪天你有假期告訴我，讓我先去買票。」秦偉誠說。

第二天早上，秦偉誠起得有點晚，正想到外面吃早餐，看到窗外仍是下着雨，昨晚那場雨斷斷續續地到今天早上還沒下完。

這時宋月明經過三〇五房間門口，看到剛打開門的秦偉誠，跟他打招呼說：「秦先生沒外出吃早餐嗎？」

「這場雨下個沒完沒了似的，真令人沒心情外出。」

「秦先生不嫌棄的話，來吃一點我帶來的茶點吧！」

「那怎好意思？」

「你千萬不要嫌棄才好！」

一會，宋月明端來一個銀托盤，在三〇五房間內的桌上佈置刀叉。

看她熟練的手法，像是在高級餐館當過侍應似的。

她在桌上放下盛着幾個蒸熱了的甜餐包的碟子，旁邊放了一小碟牛油，牛油是齊整地切成一塊塊方形的，方便放在麪包裏。

然後，她又端出香氣四溢的咖啡，說：「秦先生請慢用。」

嗅到濃郁的咖啡香氣和看到擺設精緻的牛油、餐包，令秦偉誠食指大動，當他大快朵頤的時候，月明又端了一碟生果進來。

芒果切成三塊，果核兩邊的果肉用刀切成一個個小小的方格，用小碟盛着。秦偉誠想：這是一種多麼優雅的吃芒果方式！他感到這就像在一個幸福的小家庭裏，賢慧又能幹的太太為丈夫預備的茶點。

他吃完不無感激地說：「這咖啡和牛油餐包比在餐廳裏吃的美味多了！我這經常在外飄泊的人，最渴望有一個溫馨的家庭，你這一頓早餐，令我彷彿有在自己溫暖的家中吃早餐的感覺！」

「秦先生在香港沒親人嗎？」

「父母都過世了，只有叔父、叔母這些親人，我不想寄人籬下，二十歲就在遠洋貨輪當船員，一做就是十多年了。你呢？你家中有什麼人？」

「父母雙亡後，我和唯一的弟弟相依為命，後來弟弟短命早逝，只好將心思寄託在幾個姪兒身上，沒心思多想自己婚嫁的事了。」

「你也要為自己打算一下啊！」秦偉誠感喟地說。

月明不語，只是搖頭。

第三場雨

宋月明和鍾之芳跟她的幾個女兒住的，是大樓樓頂用鋅鐵和木頭搭成的違建房子。那個年代，幾乎每幢樓的樓頂也有這一種建築。

這種木屋是用木和鋅鐵搭成，連窗戶都是木造的，多是大樓裏其中一個屋主找來木匠用簡陋的材料建成，然後賣給窮人圖利。

這陣子，颱風一個接一個，豪雨也接續而來。在一個狂風暴雨的晚上，宋月明和鍾之芳都還在上班，因為房子裏有多處漏水，之芳的的四個女兒連忙拿出許多盆子和鍋子放在地上接水。

一陣狂風颳來，之芳最小的女兒秀敏抬頭一望，鋅鐵屋頂竟被狂風颳走了。

「追！」秀敏的大姐一聲令下，四姊妹立即奔下樓梯，跑到街上尋找屋頂的蹤影。

他們聽到前面有些喧鬧聲，原來有幾個街童比他們早一步發現屋頂，幾個高大的男孩要將那片鋅鐵屋頂拿回家。

大姐的嗓門雖大，但也鬥不過幾個粗野的男孩，眼見四姊妹快要落荒而逃，此際，他們看見渾身被雨水濕透的母親從巷口奔來，在問明原因之後，她大聲喝罵那些街童。但之芳身形瘦小，對方十二、三歲大的街童也比她高大，不見得會害怕她。四個女孩乍見母親身後奔來一個身形高大的叔叔，他跨前一步大喝一聲，街童就嚇得四散奔逃了。

這高大的叔叔的出現，從此在這四個小女孩心中，取代了岳飛、關雲長、趙子龍等的位置，成為他們心目中的英雄形象。

當天之芳和秦偉誠從域多利戲院出來，已聽見路人説颱風已經來到颳起了強風，聽説風勢晚一點還會加強。之芳立刻慌亂起來，要回家看孩子，秦偉誠也跟來看看有什麼可幫得上忙的。

秦偉誠到了之芳的家，眼看這破舊小木屋的景況堪虞，就提議：「還是到我住的酒店暫住一個晚上吧，這兒對你們幾母女來説太危險了！」

「去你住的酒店？」

「就在砵蘭街上的第一酒店。」

「第一酒店？」之芳聽了瞪大了眼睛，不敢相信自己的耳朵。

之芳將四個女兒帶到第一酒店，月明見到他們也驚訝不已。

秦偉誠對月明説：「想不到你和阿芳是兩姑嫂，竟有這麼巧合的事！」

之後之芳忙着張羅四個孩子洗澡，月明則弄晚膳，那是秦偉誠覺得最熱鬧、最像一家人擠在一起度過年節的情景，他多久未嘗過這種情味了！

這夜四個孩子分睡一間酒店房間裏的兩張牀，之芳和月明就拿了牀墊在地上睡。本來之芳已將兩張牀墊並排鋪好，月明卻故意把自己的牀墊拿到房間的另一個角落去睡。這夜，她只是默默的張羅一切，沒跟之芳說過一句話。

第四場雨

秦偉誠再離開香港的港口回到船上時，感到有點不捨，他望向海旁的建築物，彷彿感到遺下了家小。他捨不下兩個各有風韻的女人，還有在颱風之夜保護過的幾個孩子。

有一晚，貨輪在靠近菲律賓港口時遇上大風雨，他步履不穩，感到天旋地轉，腸胃在翻騰。

好不容易睡着了，卻做了一個奇怪的夢。

他夢見穿了淺藍色及膝旗袍的月明在砵蘭街路旁笑容可掬地跟他招手；砵蘭街的另一邊，一身茶樓女知客打扮、有着如花笑靨的之芳笑意盈盈地向他走來……

正在躊躇該朝哪一方走去的時候，夢中的場景又換成狂風暴雨中的第一酒店，狂風從窗外颳進來，捲走了之芳的幾個女兒，月明和之芳焦急萬分，他連忙趕到窗邊，只趕得及拉着之芳最小的女兒秀敏的手，但風力太強太盛，他盡全力也拉不住那隻小手……

秦偉誠醒來時，全身的衣衫都被汗水弄濕了，往後，他發了三天三夜的高燒。

當他的高燒稍退醒來時，跟他已是十多年好友的船長站在他的牀邊，對他說：

「阿誠，你需要有個家，需要有個妻子照顧才行，一個人飄泊在外，病了多淒涼！你看我，雖已年老體弱，但好歹在印尼也有妻子兒女，老了、病了也不至於無人照顧。不如你和我合夥在印尼開一間中國餐館，好歹也是在岸上，不用在大海中飄泊了！」

秦偉誠聽了好友的話，沉思良久。

一星期後，他回到香港，約了叔父、叔母到龍鳳酒樓喝茶。

他們剛坐下，秦偉誠還未介紹之芳給兩老認識之前，他的叔父已目不轉睛地盯着穿了金黃色旗袍婀娜多姿的她，叔母見了一臉不悅地説：「這個女子一副妖嬈相，耳後見腮，不是福薄就是剋夫！」

到秦偉誠介紹她就是之芳時，叔母只嗯了一聲，沒多跟之芳説話。

之芳殷勤地到廚房拿了許多點心給他們吃，但兩老不大肯動筷。

秦偉誠把到印尼開餐館的想法告訴了叔父、叔母，他們都十分贊成，都鼓勵他先成家再去創業。在到龍鳳酒樓喝茶之前，他們去了第一酒店，月明拿出剛燉好的燕窩招呼他們，跟他們談笑晏晏，她給兩老留下了賢妻良母的好印象。但他的叔父也察覺到姪兒對之芳有深深的憐惜之情，着妻子不要太勉強姪兒要選哪一個。

叔父、叔母因為吃飽了燕窩，在茶樓也不想逗留太久，可是天際卻突然下起大雨，只好再耽擱一會。這時卻看到月明帶着四個姪女來到，五個人都是濕漉漉的。

之前月明知道偉誠要帶叔父、叔母到龍鳳酒樓喝茶，她想起從前在珠江畔的小船上，自己和之芳爭客人從來沒爭贏過，這一遭，自己會有勝算嗎？這次可能是自己的人生中最後一次爭取幸福的機會了，是不容有失的！

她趕忙請假跑回家，帶着四個姪女乘計程車趕到龍鳳酒樓。那是她人生第一次大破慳囊乘計程車。

偉誠和之芳一臉愕然地看着他們，月明對四個孩子說：「叫媽媽吧，請媽媽給你們拿點心吃！」

「怎麼？這四個也是她的女兒？偉誠你為什麼沒告訴我們？」叔母說完，沒理會外面還是下着大雨，就拉着丈夫離開了龍鳳酒樓，剩下一臉無奈的偉誠和之芳，還有臉上飄過一抹勝利微笑的月明。

第五場雨

這一年老天爺特別愛颳風打雨，已經是入秋的九月中了，狂風暴雨還是肆意地颳個沒完沒了！

秦偉誠困在第一酒店的房間內，隔窗看着外面的砵蘭街，心情納悶，不知道之芳考慮得怎樣呢？他沒後悔將同一番話也跟月明說——那是他處心積慮的計劃。

那回大病了一場之後，他在船上思前想後——之芳漂亮嬌俏且惹人憐愛，但卻是個寡婦，而且帶着四個女兒，叔母還說她命薄剋夫。相反月明是清清白白沒嫁過人的女子，而且一副幹練能持家的樣子，只是性格卻較平淡沒趣，不像之芳，一雙水汪汪的眼睛裏恍似有說不完的傳奇。

確實是難以抉擇、令人進退失據的事情，最後，他想來一個辦法：這兩個女人也這麼着緊他們家的幾個孩子，兩人當中倘若有哪一個肯拋下孩子來跟從他的，才是真正愛他、肯為他犧牲的女人，這才配跟他去印尼開創新天新地。

至於那幾個孩子，也許不用丟下不管，待他們在印尼安頓下來再看着辦吧！但在創業初期的關鍵時刻，實在不能有孩子的羈絆、障礙——尤其那些不是自己的孩子。

月明請了一天假回家，不知是為了照顧暴風雨中的孩子，還是為了迴避偉成自己好好考慮，也許，要有足夠時間跟孩子一一道別吧！

天色愈來愈黑了，今夜又逢暴風雨，不知之芳回了家沒有？幾個孩子又怎樣呢？他們有沒有到處亂跑？

每逢颳起颱風，最小的姪女秀敏都會哮喘病發，氣喘得死去活來，之前還因此進過幾次醫院的急症室，這真讓月明放心不下。回到家裏看到之芳已在忙這忙那，她便和之芳分工合作做好防風措施，把窗外的花盆拿進來，用紙條糊好窗戶，檢查有沒有足夠食物，吩咐孩子拿幾個水桶和鍋子來接雨水……

之芳清理好屋旁淤塞的渠道，之後就馬上跑回小女兒秀敏身邊，餵她吃治哮喘的藥，再為她蓋好被子。秀敏這孩子的樣子真像她的父親，每次看着她，之芳就會憶起自己早逝的丈夫。她凝視孩子的臉，淚水不自覺地沿着自己的臉龐滴到孩子的臉上。她怕弄醒孩子，趕緊把淚水拭去。環視屋裏，孩子們和月明都睡了，她悄悄地披起雨衣，躡手躡腳地推開門，頭也不回地跑了出去。

睡夢之中，月明被外面鄰居的嘈雜聲吵醒，出去看時，只見之芳昏倒在地上，動也不動。鄰人圍着渾身濕透的她，其中一個嚷：「風大雨大你跑到外邊幹嗎？」

「她一定是淋了雨着了涼，你看她的雨衣也破了，可能受傷了，外面街上常有被狂風颳下的招牌和花盆，十分危險呢！」另一個鄰居說。

月明謝過鄰居，就把之芳扶進屋子裏。她靜靜地為之芳抹乾身子、換過濕透了的衣服，然後讓她睡到牀上。之芳全身發燙，大概在發高燒，月明為她搽了點藥油，就讓她睡去。

之後，她看看孩子們有沒有蓋好被，最重要的是看看最憂心的小姪女秀敏哮喘的情況。這孩子呼吸均勻，睡得很香。這孩子雖沒有了父親，卻是自己和之芳的心頭肉，她的樣子像極了死去的弟弟。

她知道自己對弟弟遺下的幾個孩子有千般不捨，秀敏的身體這樣虛弱，三個姐姐也少不更事，如果像今晚一樣，孩子的媽媽出事了，而自己又不在，這些孩子怎麼辦呢？

想着想着，她的淚水簌簌掉下，滴到秀敏的臉上來。

第二天，外面還是下着雨，月明起得最早，在全屋人都還沒起牀的時候，就跑回第一酒店。

她來到三〇五的房間叩門，秦偉誠一開門，她便說：「我想告訴你，我不能丟下孩子不管，那是我唯一的弟弟的骨肉……」

秦偉誠聽了之後，點了點頭，略帶黯然地說：「我明白了。」

他想起昨天晚上，之芳冒着狂風暴雨來到，跟他說了同一番話。

第六場雨

之後，關於下雨的故事，場景來到了十年後，請聽我娓娓道來。

那兩個男主角已經在這些場景中淡出，取而代之的，是一個男配角——我的光大舅父，他從大陸泅水偷渡來香港，也住到了我家那簡陋又逼挾的小木屋中，他也成了母親和姑母吵架的肇因。

「明姐，你不會是不喜歡光大住在這裏吧？」之芳對月明說。

「我才沒這個意思，我也是看着光大出生、長大的，可是，為什麼他要偷渡來香港這樣的大事你不也不預先告訴我一聲，讓我好歹有個預算？」姑母說時，表情明顯帶着不滿。

「要預算什麼呢？如果是他佔用了你這間木屋的地方的話，我可以代他付房租的。」

「付房租？如果要付房租的話，你和四個孩子要付我多少房租？別把我說成跟你一樣懂得計算吧！」

「我怎樣懂得計算？明姐你這是話中有話！」

「你不懂得計算？弟弟死的時候，辦喪事的錢全是我拿出來的，帛金卻全是你收下，我一毛錢也不敢向你拿，怕別人說我欺負孤兒寡婦！我一直忍氣吞聲，這都是為了我的弟弟和幾個姪兒……」

「明姐，你怎麼在他們爸爸死了這麼多年後，還一直在翻舊帳？我還要解釋多少遍？你怎麼總是沒完沒了的？」

「要解釋多少遍？你一遍也沒解釋過！如果你肯把那些錢全拿出來計清計楚的話，我就早已經把事情放下了！」

「那時我們都這麼傷心，怎麼記得清楚、計得清楚？」

「我卻是記得清清楚楚你什麼時候挺着個大肚子來我家、什麼時候生了孩子，弟弟對我説孩子是他的，但你來香港和我們重遇也只是七個月，剛滿七個月便生孩子？這些我都記得清清楚楚！」

「明姐你要這樣想，我還有什麼話説呢？」之芳哽咽，「我一直以為你把我和我的女兒當作一家人看待。」

「我沒把你們當成一家人嗎？」月明也激動起來，「我從來沒有認真計較，卻讓別人當成傻瓜！為了姪兒，我把自己辛辛苦苦賺來的錢全掏了出來，可是，別人卻把自己的錢全藏起了。」

「我什麼時候把自己的錢藏起來了？」

「自從光大來了之後，我才恍然大悟。聽人説從大陸偷渡來香港要花許多錢，你的家人哪來這麼多錢？原來你把賺到的錢都寄回大陸外家去了，養育女兒的錢，就由我這個愚蠢的姑母來出！」

「明姐你怎可這樣説？光大來香港可是用最危險的方式泅水來的！他來也是瞞着我和我爸的，我們一點錢也沒花過！要是知道他用這種九死一生的方式來香港的話，我一定不讓他來！再説養育自己的女兒，我怎會沒花錢？書簿費、學費、吃的……難道要一一向你交代不成？明姐，你為我們幾母女付出的一切，我們都會記住，請你別再説這些話了，讓孩子們聽到了也不好！」

「你這麼沒良心也會記得我為你們所做的？我才不相信！你以為我不知道你背着我去申請政府房屋嗎？只有我這麼蠢才會讓你們幾母女在這兒白住，還讓你的弟弟也白住，可是，你們呢？你們申請到廉租屋，就會把我一個人扔在這裏不管了！」

「我們怎會扔下你？只是因為你買了這木屋也算是有物業的，不合乎申請廉租屋的資格，我才沒有把你的名字加進申請表去，而且申請廉租屋要等上好幾年的，我只是想遲一些才告訴你也沒關係。我們是一家人，難道申請到廉租屋會不讓你住進去嗎？到時我一定會告訴你，和你商量的！」

「你倒說得好聽，到時就會可憐我，讓我住進去，讓我嘗嘗寄人籬下的滋味吧？」

「我們幾母女現在不就是寄人籬下，才整天要聽你說這些難聽的話嗎？」

「我說的話難聽？不想聽的話你們可以搬走的，反正申請到廉租屋之後你們還是會走的！」

氣得渾身發抖的之芳，拿了手提包就拉着小女兒秀敏的手往街上跑。

這時已經是隆冬，天上卻下起冷雨來。

之芳跑了好一會，看到雨愈下愈大，才停下腳步，和女兒站到簷篷下避雨。

「媽媽，我們要到哪裏去？一會姐姐下課回來要通知他們嗎？我們今晚要在哪裏睡？」秀敏問。

之芳沒回答她，只是一臉惘然的在喃喃自語：「我還以為我們是一家人，誰知道，我們竟是寄人籬下的！」

説着，兩行熱淚從她的臉上淌下來。徬徨無助的母女兩人站在街角，靜看着冷雨。這時，秀敏看到一個熟悉的身影，她拉着媽媽的衣角嚷起來：「媽媽，那是姑母，姑母來找我們了！」

之芳透過淚眼看到月明的身影，連忙用手拭去臉上的淚水，問女兒：「媽媽臉上的淚水都拭去了嗎？看不出剛哭過吧？」

秀敏不明所以的搖頭，然後，她看見姑母拿着兩把雨傘朝他們跑過來。

「你們這麼大雨跑出來幹麼？剛才二妹學校的老師打電話來，説二妹在上體育課時摔倒受傷了，我們快去學校看看吧！」月明慌張的説，「我和你一起去吧！二妹這麼胖，你一個人怎有力氣抱她回來！」

之芳感激的看着月明，兩個女人又張張惶惶地趕到學校。

第七場雨

那些日子，天總愛下雨，而且下的是淒風苦雨，夾雜着悲哀的氣息不停地下。

那天，光大舅父來接秀敏下課，告訴她母親患上肺癌的噩耗。

「媽媽還不足四十歲，怎會就和癌症扯上關係？」但很快，她又想起父親患癌逝世的時候還只是三十多歲。

兩人坐公車回家，車外飄着冷雨，她的淚水不斷簌簌而下，比窗外的雨還要淋漓。

下車後，快要到家樓下時，她驀地停下了步伐，用校服的衣袖抹乾臉上的淚水，問光大：「舅父，我的臉上還有淚水嗎？看得出來剛哭過嗎？」

光大看着她哭紅腫了的雙眼，違心地搖頭。

沒想到剛進醫院時精神奕奕的之芳，不消一個月已被疾病折磨得不似人形。月明只在她初進醫院時來過一次，之後就再沒有來過，但她每天給之芳煲湯、煲粥，讓孩子們帶到醫院去。

「姑媽怎麼來了一次便沒再來？她不想來看看媽媽嗎？」二女兒問。

「你們姑母怎會不關心媽媽？那是因為你們的祖母、爸爸也是剛進了醫院幾天就不在了的，醫院帶給她許多痛苦的回憶，她不來也是應該的。我看見那次她進來病房之後，渾身不自在就知道。」之芳說。

之後，她對大女兒說：「你拿出書包裏的簿和筆，把媽媽的話記下來。」

她告訴女兒自己的銀行戶口簿和保險箱鑰匙放在什麼地方，還叫她記下帳戶中有多少錢、保險箱裏有什麼。

「姑母不是說你把祖母的金飾都藏了起來嗎？還說你把爸爸死時的帛金全收起來了，為什麼只有這一點金飾和二千元存款？」三女兒大惑不解地問。

「你相信姑母的這些話嗎？連你們也認為媽媽是這樣的人嗎？」之芳臉色一變。

「我們當然知道媽媽不是這樣的人，可是，為什麼媽媽一直不向姑母辯白一句半句？」二女兒的語氣有點激動。

「媽媽告訴你們，做人但求問心無愧就行了。只要問心無愧，又何須向人解釋、求人憐憫？難道要媽媽為這些事跟姑母吵架嗎？以後，媽媽不在的時候……」之芳的聲音回復平靜。

「媽媽不會不在的，我不想在沒了爸爸之後，現在又沒有媽媽！」倔強的三女兒說。

「不，你們不會沒有媽媽的，媽媽死了之後，姑母就是你們的媽媽！」之芳用溫柔的目光看着四個女兒說。

四個女孩哭作一團，邊哭邊回應母親：「知道了。」

「媽媽勞碌大半生，最遺憾的是，在你們差不多都長大了，媽本以為可以喘一口氣，可以轉去做沒這麼辛苦的工作，以為日後還可以享幾年清福的時候，卻患上了這樣的病，媽媽是多不甘心啊！」她說着潸然淚下。

幾天後，之芳在病牀上咽下最後一口氣的時候，窗外還是飄着冷冷的雨。

時光荏苒，旺角砵蘭街的霓紅燈光再沒有色彩，而這個有關雨的故事也告一段落了。

編採札記：三遷

具有逾三十年歷史的甘肅街玉器市場，因應中九龍幹線工程，攤檔暫時遷入臨時綜合大樓經營。數百個持牌玉石檔小販，在食環署封鋪的死線之前，陸續清空檔內貨物，搬入油麻地梁顯利社區中心旁的臨時綜合大樓繼續營運。

搬遷前夕，市場中一片凌亂，膠袋、碎玉石、雜物等散滿地，有些人聽聞搬遷消息專程來一趟，在遺下的雜物堆中尋找心頭好，亦有有心人來收集檔攤饒有特色的招牌，保留以作為香港行將式微的行業歷史見證。而置身市場一隅的寫信檔，因為檔主身故或無人承繼，大多已丟空多時了。

其中一個從前以寫字和書信為主的「朱格言字檔」，便已丟空逾三十年。原檔主的曾孫憶述太公朱伯當年寫得一手好字，多年來在檔口為客人題字養家，直至太公離世，檔口便一直丟空至今。檔主的曾孫收到搬遷通知，得知檔口內所有物品將於封舖後全被清走，便與親友趕來撿拾太公當年的墨寶，包括廣告牌匾及一對背面題有朱字的木門，將之運走以留作紀念。

舊玉器市場已步入歷史，唯獨代客報稅及寫信檔口的牌匾題字和木門設計尚保持完好，這些曾風光一時、為上一代香港人提供忠誠服務、曾被稱為「報稅一條街」的排檔，在經營超過半世紀後，無論是「光榮結業」抑或「喬遷之喜」，在時代變遷的巨輪輾壓之下，又能否展開新篇？請有心人齊來見證。

徐伯亦會隨檔口搬遷至新建的玉器市場，他那挺拔的身影、精神矍鑠的面貌與聲如洪鐘的言談，仍會發揮如「真人圖書館」般的作用，為寫信檔的歷史提供導覽。

採訪心得

1 受訪者的時間是時間，記者的時間亦是時間，有些受訪者訪問時會遲到很多，除非對方真的有突發事情，否則等半小時我就會離開，不會呆等。值得訪問的受訪者會尊重記者，好的記者亦值得被尊重。

2 訪問前多蒐集受訪者的資料，有關他的人物訪問可多看，準備好訪問問題，是尊重受訪者的表現。否則，如果記者對受訪者一無所知、資料有誤或資料太舊，都會令受訪者感到不受尊重。

相反如果對方覺得記者準備充足，對自己的資料瞭如指掌，甚至連他自己都已忘記了的資料你也掌握到，他就會感到備受尊重，會對你打開心扉，你會寫到一篇內容豐富且有水準的訪問。

3 有人曾問我：「如果受訪者對你說的是假的或給你假資料怎麼辦？」我會傾向相信受訪者，因為如果雙方欠缺互信，那這次訪問肯定做得不好。但之後我會多花時間查證，如果覺得有大問題，就會索性不出這篇訪問，只能對受訪者說聲抱歉了。

4 又有人問：「如果訪問時受訪者哭起來怎麼辦？」我會說，受訪者哭起來也許是你的問題勾起了他的回憶，他在你面前表露真實情感，可能正因為他相信你。

「那需要安慰他，請他不要哭嗎？」此際記者也不用亂了陣腳，受訪者的情緒被牽動之後，也許就會對你說出他未對其他記者說過的感人故事。當然，為了保障受訪者，在寫訪問稿之前我會先問他這些內容可不可以寫出來，這是為免他一時衝動說了不想透露的事情之後後悔。

受訪經驗

多年前，我的一個在娛樂圈有點知名度的朋友結婚，想低調行事。娛樂記者不知道怎樣得到我的電話號碼，打電話來劈頭一句：「聽說你和 xxx（朋友要嫁的那人）結婚！」

那位記者大概以為這樣會殺我一個措手不及，我就會爆出其實是我的朋友結婚的事。但我也是從事傳媒工作的，知道他在玩什麼手段，我只淡然說：「我不認識那人，也從未見過他。」（這是事實）

記者不得要領，便掛上電話，但不久又打電話來說：「弄錯了，不是你和那人結婚，是你的朋友和他結婚。」記者這樣說，是想從我的口中套出我朋友的名字，然後，第二天的娛樂版就會出現這樣的報道：「XXX 的好友親證她秘密結婚。」幸而我無可奉告。

之後，第三個電話又打來，說：「弄清楚了，是 XXX 和 XXX 結婚，你知道嗎？」於是我如實告訴他：「我和這位朋友已很久沒聯絡，你該打電話去問她。」

說出這件舊事，只是想指出有些記者採訪時會不擇手段、無所不用其極，這其實是很要不得的。